U0054731

拉薩浮生

田勇
長篇小說

謹以此作獻給重病中的茨仁央金！

第一章

1

八曲河西岸的白馬啊！
我沒有金色的馬鞍
也置不起五彩的韁繩
你依舊會跨過河水啊！
徜徉在我身旁。

五月的拉薩河水還是那麼沁涼。來自藏東巴塘，二十二歲的央吉姑娘在拉薩城生活已經四個年頭了。這其中大部分時間是在西藏登山隊度過的。無論故鄉曾經給她帶來多少的無助和悲傷，但那畢竟還是故鄉，養育過自己的地方。念起的時候，央吉就會獨自一人徒步到這跟登山隊方向相反的拉薩河谷，坐在一堆各色鵝卵石上，望著頭頂間斷飛過的雪羽紅嘴鷗，模仿阿爸在八曲河畔的家門口，一邊彈奏紮年琴，一邊哼響的民歌。

哼著哼著，央吉的淚水就會模糊眼眶。阿爸出車禍走的那年，她才只有八歲，剛剛進入小學二年級。她的家就在縣城的郊外。阿爸是那個年代為數不多的通曉漢話，讀過中學的人。順理成章地他被返聘到郊區鄉小學當了老師，然後是副校長。

業餘，阿爸還是個紮年琴高手呢。每到農閒、特別是藏曆新年，圍成一圈的卓瑪和紮西就簇擁在阿爸身邊，領舞領唱當然是非阿爸莫屬。

從出生到讀書，阿爸似乎將一切的愛和希望都寄託在小央吉身上。這不，如今在登山隊組織的文娛活動中，舞跳得最好的，歌唱得最靚的就屬央吉。

哭過之後，為了舒緩一下這濃重的思緒，坐了一個多小時的央吉站起身來。順著河床撿拾清澈的河水中那些異色的石子，一枚、兩枚，遇見那些薄片的，她還會彎下腰，玩幾下打水漂的遊戲。

這時候，落日的光暈鋪展在河面上有種金屬的質地。不經意地抬起頭來，剛剛釋然了些的央吉被蜂螫了般難受：在一叢紅柳的近旁是散落、燃盡的陶製酥油燈。

那一年，身為副校長的阿爸，親自駕駛從鄉裡借來的農用手扶拖拉機到縣城購買新學期使用的教學設備。也是在這樣的季節，哭鬧著要跟阿爸一起進城的央吉被嚴厲的阿媽啦關到了只能透進一絲陽光的小閣樓裡。很久以後，哭累睡熟的央吉望見阿爸將城裡運回的嶄新桌椅一件件地搬到教室裡。做完這些，阿爸牽起央吉的手請她坐在最中間的位置，然後走上講臺為她一個人上課。

再然後，央吉聽到了阿媽啦撕心裂肺的哭聲：阿爸在回來的途中，因為暴雨路滑，連人帶車翻落在浩蕩的八曲河中。直到太陽快要落山的時候，鄉人才在距離學校幾里地的河灣處打撈出阿爸的遺骸。

天葬阿爸的日子裡，還不完全懂事的央吉是在恍惚而又明亮的陶製酥油燈的燈影裡度過的。

阿媽啦哭她也哭，阿媽啦因為傷心過度昏倒的時候，央吉依舊趴在她的身上哭……

再過一個月，強化訓練兩年已經成功登頂過海拔六千多米的念唐古喇山啟孜峰的央吉，就要出發到定日縣開始真正意義的攀登海拔八千兩百零一米的卓奧友峰了。這對於一個專業登山運動員來說是件期待已久的事情。如果這次能夠登頂成功，下一個當然是世界的屋脊，珠穆朗瑪！想到這裡，央吉就有種難抑的喜悅和不安！所以這次到拉薩河谷靜坐，一定是為了舒緩些什麼？但究竟是什麼，連她自己也弄不清。

2

回到登山隊的宿舍，天已經完全暗了下來。

央吉住在二樓，或許是想到不久將要到來的登山生活，她還是把衣櫃底層的橘黃色登山鞋和鋒利的冰爪輕輕取了出來，淺淺地拂去上面的灰塵，向額頭貼了貼。再抬眼看看書桌上之前登臨唐古喇山側峰的照片：笑了，是的，就算護鏡遮了半邊臉去，央吉明白那一刻她笑了。現在坐到床沿看照片的她也笑了。

阿爸去世後，不到兩年，阿媽啦還是決定招婿進門。剛開始那個叫繼父的康巴男人對小央吉還表現出些許的親情。然而當有一次，男人到她的小房間取走阿爸留下的弦子，在門口的石階上自娛自樂時，她憤怒了。不由分說，連書包都沒來得及放下，一把搶過弦子：「這是阿爸的，是我阿爸的，誰都不能動。」一邊說邊退回到床上，蒙上被子哭了起來。

顯然，這樣一個孩子的舉止讓繼父先是驚愕，繼而是忿然地用腳踢了踢小央吉的門。再悻悻地將剛發生的事情添油加醋告訴阿媽啦。

事情沿著它的規律發展著。

三年不到的時間，央吉先後迎來了弟弟和妹妹的降生。也是從那時候開始她在八曲河邊家裡的待遇被徹底改變。

說來繼父也屬心靈手巧一類的人，除了照顧好院內大片的果園和外田的青稞，農閒就幫助別人家做些彩繪門楣窗臺香案的細活。阿媽啦跟他結識也是曾經邀請過他到家裡彩繪家具獲取的好感。可隨著孩子的增多，繼父感覺到有些吃力。每天總是唉聲歎氣的，沒有好臉色給央吉。直至有一天，當小央吉又取下掛在床頭的阿爸的紮年琴撫弄時，被酒後的繼父一把奪過去，再狠狠地摔在地上，斷為兩截。

令人不解的是，這次央吉沒有瘋狂的舉止，就呆呆地站立在碎琴的旁邊，連一滴淚都未曾湧出；她的淚水都已經流進心底。

從小耳染目睹，弟妹們也明白了央吉在這個家中的地位。他們將她看成了自己的小保姆，全然不記得是誰將他們抱大的，是誰攙扶他們走人生第一步路的。

偶爾的一次節日裡，阿媽啦做了頓土豆燉牛肉，當已經在讀小學六年級的央吉將筷子伸進碗中的當兒，迎面，弟弟將自己的木筷砸到了央吉的腦門：「你還知道你是誰嗎？在這個家裡你只配吃土豆、吃糌粑，牛肉是你可以碰的東西嗎？」

如以往那樣，央吉沒有反抗（她也沒有能力反抗），默然地混合著淚水，艱難吞咽著面前的土豆。

窗外，急切敲打在玻璃上的雨水，打斷了央吉的回憶。

央吉顧不上披件雨具，拉開陽臺的門衝入暴風雨中將那兩盆一黃一紅開得正豔的卓瑪花搬進房間；望著那黏貼在手臂上的殘瓣，同樣央吉不覺得傷感。接下來，用電動酥油茶機打了壺酥油茶，借助不鏽鋼小匙，喃了幾口糌粑算作晚餐。

3

當阿爸打從石階下的八曲河中提上滿滿一鐵桶的水招呼央吉，要給她洗頭髮時，小央吉笑著衝他擺了擺手，似乎是在告訴阿爸那雪山融化的水太涼了。

一聲不響地，阿爸回敬了個鬼臉，像在告訴她，不夠堅強！然後端坐在院內臨時搭建的簡陋木屋廚房裡，架起柴火燒起水來。

只一會的功夫，阿爸喚央吉過來試試水溫。當一銅勺的溫水打從長長的髮絲滴落脖頸的時候，分明央吉嗅到了絲絲青澀卻又帶有甜韻的青蘋果的味道，於是睜開眼一看：阿爸的手上是一瓶她從未見過的帶有青蘋果圖案的小瓶洗髮水。

第一次央吉見到挽起衣袖的阿爸笑得是那樣傻又是那樣的燦爛！

那一晚，央吉也是第一次枕著蘋果的香味睡去的。醒來的當兒，果真床頭是阿爸笨拙地在草紙上用鋼筆畫下的昨日洗髮的場景。

而這一晚，已經十七歲讀高一的央吉聽見了樓下房間繼父和阿媽啦爭吵的聲音。

清晨，院內的核桃樹上掛滿了青嫩的果實，一隻孤獨的小山雀唱著幸福的歌謠。

早早起來為全家做早餐的央吉因為瘦弱顯得更加亭亭玉立了。一直喜歡睡懶覺的阿媽啦居然臉也沒洗，過來幫助央吉打酥油茶。

「普姆啊！阿媽啦這些年是沒好好照顧你，但你知道家裡的難處！這麼多人吃飯，再加上你和弟弟妹妹的學費，就憑家裡那幾畝青稞田，還怎麼供得上養得起？爸啦幫助人家做畫工也只是解決了零花錢問題。這個你看得見。」說著，阿媽啦放慢了抽動茶桶木柄的速度，撩起幫典擦拭著言不由衷的眼睛。

「阿媽啦，快不說這些，你生養我的恩情這一生都難報答啊！有什麼需要我做的就直接跟我說吧。」聰明的央吉從阿媽啦反常的舉止中知道她話中有話。

「嗯，普姆是個懂事的孩子，是這樣，你爸啦在縣城做畫工的時候認識的次仁阿叔；就是經常來我們家跟你爸啦吃酒的那位。這幾年他家做運輸生意，在縣城蓋起了四層的高樓。這不又剛剛添了輛新車，讓兒子開，自已做了老闆……」說到這裡，阿媽啦抬眼看了看央吉的表情繼續道：「只可惜阿叔他早年喪妻，獨身一人過了那麼多年。如今你也長大成人了，上次阿叔來吃酒想跟我們做親家。現在你讀高中了，在我們鄉裡算是有文化的人。所以我跟你爸啦商量決定將你嫁過去。」

聽到阿媽啦這樣一說，央吉差點打翻了手裡一直在擦拭的酥油茶碗；怪不得，昨晚阿媽啦跟繼父吵了架，並且斷斷續續聽見彩禮和補償多少錢的事情。這不，現在什麼都明白了，見錢眼開的繼父說服阿媽啦將自己當成商品出售給次仁。想到這裡，央吉一下子跪倒在阿媽啦面前：「阿媽啦，我還小啊！還要讀書啊！以後我不會給家裡添麻煩的，我能照顧好弟弟妹妹，幫助您和爸啦做更多的農活。只求阿媽啦別趕我出去啊！」

央吉的央求並不能感動阿媽啦。

「我和你爸啦已經決定，次仁阿叔的禮金都已經收下。我們這裡你知道十五六歲女孩就嫁人了，你也不是孩子了。你爸啦也理解你的心情，讓我跟你說等讀完這學期再風風光光將你嫁過去。」

透過恣意的淚水，央吉發現如石雕般坐在院內石階上的繼父不停地跟阿媽啦使著眼色。

4

其實鄉高中距離自家的直線距離還不到三公里。在放寒假的前一個月央吉向阿媽啦提出住校的請求，阿媽啦一點都沒覺得荒唐：理由是一、這可能是央吉答應跟次仁阿叔結婚前鬧的一次小情緒。二、央吉住校她可以比較清靜地處理嫁妝事宜，可以毫無遮掩地跟次仁加碼索要更多的禮金。

畢竟是高原，就算是八曲河谷，早在九月末就落了第一場小雪。如今十二月的天氣，鄉中學的校園已經是白雪皚皚一片。

衣著單薄的央吉和同寢室同學取暖的唯一方式就是學校提供的牛糞火爐。這牛糞還是冬季到來之前牧區的學生從自家帶來的。雖是牛糞，一旦用來燃燒取暖或者煮開水，無煙、無味，成了地道的清潔能源。

學校提供給住校生的伙食無非是糌粑、開水外加一小碟的土豆炒青菜。央吉已經感覺到很滿足了。伴隨寒假一天天的臨近，除了上課和吃飯，在火爐邊一坐就是一兩個鐘頭的央吉心緒難寧：真的希望這假期不要來臨多好！就憑自己的成績，兩年後考上大學的可能性很高。是讀內地的還是拉薩的大學，這個可要好好思量。鄉中學曾經是有幾位考到了南京、廣州的學校。每次見到回校的他們：膚色也白了，一口流利的普通話，弄得央吉和同學們很是羨慕。

當然聖城拉薩的西藏大學是每位藏族學生心儀的高等學府。畢竟是講相同的語言，一樣的生活習俗。畢竟能在聖城讀書也是每位阿媽啦和爸啦所希望的。

而如今，這一切之於央吉只能是夢想，內地和拉薩是同樣無法企及的一個概念。

因為限量，央吉主動將爐門關小了些，然後拍了拍幫典上的煙塵走出室外。

從午後斷續下起的雪，早已經停了。透亮的月光灑在雪地上猶如白天的場景；央吉連忙下意識地以手掌遮住了眼睛，再緩緩放開。

「必須逃離八曲河逃離這裡。」這突發而至的決定，並沒有讓央吉感覺到突兀。

「先到內地，然後拉薩。」既然內地的氣候好些，這裡又是嚴冬不妨到那裡闖闖。哪怕死在那裡也比嫁給一個老男人強。

想到這裡，央吉確認這是個荒唐的想法，但仔細想想這世界有什麼樣的事情不荒唐呢？如果有阿爸活著這一切都不可能發生——

想到阿爸，獨自站立在雪地很久的央吉又幽幽地哭了。

「爸啦，如果您在天有靈，就不要怪罪我的魯莽，保佑我這一路的行程！保佑我這一生或許都不屬於自我的命！」

5

還未到拉薩城，車內的乘客就紛紛站立起來，一疊聲地叫道：「拉薩，快看那就是布達拉！」自從火車進入西寧，一路向西的時候：青海湖、德令哈、格爾木，神祕的可哥西里，再就是安多措那，羌塘大草原，念青唐古拉。這些雪山、草原、湖泊和連綿的牧場，央吉也是第一次見到。所以那一臉的興奮並不比同車的內地遊客減少幾許。只是央吉是個嫻靜的女孩，第一眼見到布達拉的瞬間，靠在車窗處的她還是湧出了淚水。

這是母性的、祖輩的城市，世世代代繁衍、傳承著藏文化的精髓！到了這裡央吉才感覺到儘管是同一個民族，語音上居然有天壤的差異。但天性聰慧的她在不到二十天的生活中就將拉薩本土話學得聽不出巴塘的口音。

這是登山前的體能突擊訓練。

一大早，跑步，體操是一天基本的功課。吃完早餐，真正意義的訓練就要開始。所需的裝備跟即將開始的登頂沒有區別：冰爪、冰鎬、登山鞋、登山杖、護鏡、氧氣瓶等，一樣不能少。負責後勤保障的、擔任嚮導任務的各司其職。

央吉所在宿舍的左側，就是西藏登山隊的陸上訓練基地。這裡有兩座人造的巨岩，事實上，在這裡就是從事攀岩訓練。不同於其他內地俱樂部的是，這岩石被雕琢出雪峰的形狀和特徵。每年冬季的訓練，後勤人員還會在上面潑些水，讓它自然結冰，做成冰川的效果。以利於實戰。

等到陸上的訓練結束以後，登山隊就會選擇一個跟將來要登頂的雪峰基本相同的月份，演練攀登海拔六千米以上真實的雪山。因為距離較近，通常選擇的是念唐古拉啟孜峰。

朋友們每每問起央吉選擇登山的原因？央吉總是先搖搖頭，繼而堅定地目視著對方：「為了爸啦，為了將爸啦的靈魂帶入雪域最高的地方。也是為了自身的前世和再生！」

「那麼登山就預示著死亡嗎？」朋友追問。

「死不死不是由自身決定的，是由雪山決定的。」央吉學著曾經成功登頂珠峰的師姐倉姆拉的表情道。

第一章

1

薩嘎達瓦節到了，這是拉薩也是整個藏區一年一度最重要的節日。這是佛陀誕生、成道、涅槃的月份。所以在這一天，煨桑、磕長頭、放生、施捨、齋戒、轉經是每位佛徒必做的事情。特別是在藏曆四月十五日這天達到高潮。整個拉薩城飄香的桑煙瀰漫，大昭寺前磕長頭的藏區各地民眾人山人海，德吉南路乞討的窮人占滿了街道兩旁，拉薩河放生的人絡繹不絕，沿功德林、紅山、布達拉宮、龍王潭、小昭寺……大環轉經者川流不息！

唐卡畫師二十七歲的格桑玉珍一襲節日盛裝；左手撚動從尼泊爾請到的菩提佛珠，右手提著裝有鮮奶、香柏、糌粑的香袋，口誦「嗡瑪尼唄咪吽！」行走在眾人中間。一隻脊背中央染了紅色，耳朵上繫了小紅布條的放生羊，遠離了主人，就一直跟在玉珍的身後。

不知是否因為人多還是天氣的緣故，路程還沒有轉到一半，玉珍就已經是香汗淋漓。到德吉南路布捨了身上所有的錢物，玉珍的心情好了些。順利走完了剩下的行程。待準備要回八廓街裡自家的老房子時，才發現那隻一直跟著自己的放生羊還跟在自己的身後。於是就靠在林廓南路倉姑寺對面的老房門楣旁等待放生羊主人的到來。

一個鐘頭過去了，依然沒有人要停下腳步來認領的意思。於是格桑玉珍只好到隔壁的小店買了盒牛奶。可現實的問題是沒有碗碟怎麼餵它呢？不存半刻的猶豫，玉珍將牛奶擠到手掌心，看著羊兒幸福地舔舐起來，耳邊的紅布條一甩一甩的甚是可愛！

「阿佳，土吉其，土吉其！（姐姐，謝謝，謝謝！）」

在熙攘的人群中聽見這猶如天外的聲音，玉珍並不感覺到陌生和意外。面前站立的是位英俊的紮西：面容瘦削，鼻樑高挺，身著傳統的藏裝。聽口音像是拉薩人，但這一身藏裝，這麼炎熱的天氣拉薩本土人很少穿的。

格桑玉珍還是匆忙將盒中剩下的牛奶全擠到掌心，望著放生羊吃完後，方甩了甩手上的殘液立起身來。

「這羊兒是您的？真是神奇，不愧是神羊，居然跟著我走了那麼久的轉經路。」

「到甜茶館歇歇腳吧？」陌生紮西這樣的邀請，玉珍欣然應承下來。本來要去仙足島小區準備找阿媽啦要壺酥油茶，吃些點心的，再一尋思，這樣的日子，一心向佛的阿媽啦如何不會去轉經？

附近的甜茶館幾乎坐滿了轉經人。格桑玉珍和紮西只好找了個靠店角的地方，在老舊的氆氌墊上坐了下來。而那隻玉珍擔心沒地可留的放生羊懂事地鑽到紮西的腳旁。最讓玉珍驚喜地是紮西早有準備地打從自己的香袋中掏出一把白菜葉，放到羊兒嘴邊讓它咀嚼。弄得鄰座的客人紛紛投來眼神，露出驚訝而又滿意的表情。

「可真有你的，看起來你歲數不大，也不像是牧區來的，怎麼會想到領養放生羊。不會是它還有另外的主人，也是因為走丟了才跟了你的。」話一出口，玉珍不好意思地掩起嘴角偷偷笑了。

「那一世，我轉山、轉水、轉佛塔，不為修來世，只為途中能與您相見！」

紮西定睛地答非所問，回答玉珍的倉央嘉措詩句，讓她似乎懂得了他的身分和他隱約的蒼茫故事。同時自己的臉上也飛上了紅霞。

臨別的時候，這個叫那若的不再陌生的陌生人，禮貌性地留了格桑玉珍的電話。當他邁出甜茶館的時候，身後依舊跟著那隻毛色潔白的放生羊和玉珍癡迷的目光。

2

自從在甜茶館跟那若分手後，格桑玉珍的眼前就不停浮現出那隻懂事的耳繫紅布條的放生羊的樣子。「它跟主人間究竟有怎樣的故事，讓那個英俊灑脫的詩人會放下世間事，虔誠地向佛念經。看那若的眼神，他和羊兒可不是只有薩嘎達瓦節那天才轉的，之於他們好像是經常性的行為。不過那長長的十公里的轉經路羊兒的身上卻見不到塵埃，眼睛也是透亮的那種。主人那若的藏裝也是一塵未染的樣子；在甜茶館裡，玉珍偷窺了他的髮絲，烏黑的，一絲不亂。嗯，一定要再找個機會解開那個謎一樣的人，謎一般的故事。」想到這裡，玉珍下意識地捏了捏又泛出紅暈的臉龐。都這麼大的人了，況且還是第一次結識，真不知羞。然後繼續埋頭在自己繃的畫架上，認真地畫她即將完成的白度母畫像。

雖然只有二十七歲，格桑玉珍的唐卡繪畫水平可是拉薩城藝術圈裡人皆共知的，特別是她繪製的度母畫像，綜合了藏區各地的壁畫、唐卡作為藍本，甚至汲取了尼泊爾、喀什米爾地區的風格，再加入自己對於宗教的解讀和潛心敬佛的心理，以女性的細膩筆觸，畫出的作品，總是栩栩如生；度母作為觀音菩薩慈悲的淚滴，她那萬事悲憫、普渡眾生的大善表情被玉珍的畫筆捕捉得淋漓盡致。若站立在她的作品前，令人不可思議的是，無論你在任何一個角度，度母的眼神好像都在慈愛地注視著你，感化著你！就因為這些，格桑玉珍的作品被藏區各大寺廟請去敬奉。以至於在一些重大佛教節日到來前，是玉珍最忙的時候。

這也難怪，格桑玉珍的這門手藝實屬祖傳。她的曾祖父可是當年噶廈政權的宮廷畫師。不過將繪畫傳承給女子，玉珍的父親可是頂了很大的壓力，做了很長時間的心理鬥爭。可玉珍是在父親的畫室長大的，從小透露出的那種繪畫方面的天賦，又讓父親欲罷不能。所以當阿佳啦（妻子）不在身邊的時候，還是偷偷地讓女兒畫上幾筆。就這樣，只有十幾歲的玉珍即是父親的繪畫幫手了。就算之後阿佳啦發現，但見女兒繪出的作品，亦露出驚訝羨慕的表情。

長大之後的格桑玉珍將自己的工作室安在了八廓街轉經路邊的老宅。那時候，退休的父母親已經搬到了仙足島小區居住。

從前的鏽跡斑斑的老爐子、紅銅的水缸、水勺，還按原來的位置擺掛著。曾經的被香薰塵積的經堂，被玉珍用心清理了一遍。再莊重地掛上條從林周仁波切那裡請到的潔白哈達，玉珍打從心底露出了微笑！

而畫架就安置在臨窗的位置，一是因為這裡的採光度好些。另一個理由是，面對轉經的特別是磕長頭的信眾時，玉珍的心會徹底安靜下來。似乎會有種神祕的力量讓她女性的心地更加柔軟，使她的筆觸更加細膩，甚至具有種神性的超然。如果是在午後，當金屬般質地的陽光落在轉經人身上的時候，那就是一尊尊天然的雕塑。那一重感悟就凝固在格桑玉珍的心底。

這不，玉珍有個不為人知的習慣，就是在繪製最難捕捉、刻畫的度母眼神時，總是將時間放在夜間，八廓街夜深人靜的時候，關閉電燈，點燃橘色的有些黯然的酥油燈；燃上香；在陶製的小香爐裡煨上些許的香柏，才開始一筆一筆地潛心繪製。說來也怪，在那樣神聖的甚至有點壓抑的氛圍中，繪出的度母彷彿剛從神界下凡到人間般。那會說話的眼神，令玉珍站立起身子，深深鞠躬！

那唯一能夠讓格桑玉珍有些心緒不寧的，還是那隻耳繫紅布條的放生羊和他的神祕主人那若。所以等了許久也沒等來那若電話的玉珍，決定再到大環轉經路上去碰碰運氣，只是在她的心底，那若一定會在那道上出現。也或許是那若在等待格桑玉珍的再次出現。

3

那曾經的舊日拉薩城啊！

凌晨，舊城的燈輝還未完全褪去，而東方的拉薩河谷已經披上了它固有的玫瑰紅。這是拉薩特有的清晨色調。那似透未明的感覺能夠撫慰每一位轉經人的心。

西面海拔五千四百米的根培烏孜山依舊裹著厚厚的白雲。雖是一塵不染的潔色，可那無法用自然力量穿透的層疊的白，還是令人心生敬畏，無端地，人與這自然的距離也在無奈延伸，明白知道這白雲預示了今日的好天氣，可在格桑玉珍的心底卻產生不了一絲的漣漪。

記得小時候是拽著爸啦和阿媽啦的衣裙轉的經。那只有十公里的轉經路啊，對於小玉珍來說卻是無限的漫長，好像永遠都走不完似的。那時候路過的地方也如數家珍：大昭寺、林木茂盛不見一片樓宇的甲瑪林卡、桑煙瀰漫的功德林、望不見宮頂的布達拉、小昭寺邊做生意的康巴人、林廓東路上忙碌著白衣白帽的回族人。如今這一切都不復存在。剩下的是被高樓遮擋起來的鋼筋混凝土建築。打心眼裡，玉珍討厭這樣的房子，寧可回到只有一條街、幾盞燈、兩彎島的過去時空。這被永遠包裹起來的宮殿和寺院，螫得玉珍心總是隱隱作痛，事實上，哪裡還是在轉經，就像她路過城西拉薩河邊的一處狹小的垃圾叢生的所謂牧場：四面高樓合圍，十幾頭犛牛啃噬著幾百平方的一塊草皮，毛色雜亂。她還記得同去的詩人朋友歸去後悲憫的詩句：

〈拉薩最後的牧場〉

一、綠色心事

阿医啦自言自語的神情是我未來饑荒的糧草
一聲不響，我跟隨在他身旁，像剛出生的小犛牛
跟隨在水草的地方

有一天會豔陽高照
阿医啦將高聳的茅草含進口裡，我將他糾結的髮絲
含進口裡
我倆流著淚，這是在拉薩並不炎熱的五月
我們的周邊，有萬丈的高樓

二、金色牧場

石塊堆砌的土地，有管管的風打從桑嫫山的肩胛
逶迤而入

像等待羌塘以北的措那湖開啟遠古的回憶和蕩漾的牧歌
我們騎著馬，以牧民的名義揮舞久違的馬鞭
我們打從現代的街巷呼哨而過
請不要回首
跟你們一樣，我們找不見歸途

三、不見歸途

阿医啦，我這樣在你的髮間盤上英雄的紅結
在你的腰間掛上熠輝的卡卓刀
從前，帕廓街之外就是阿爸永生的牧場
我們廝鬥的草地，飛濺的是先祖的血液
我廝守的卓瑪，是你慈祥的阿媽啦

四、最後的牧場

林廓守護的，是你我最後的牧場
我們轉動經筒，將身外的珍寶供奉在金頂的殿堂

將「嗡瑪尼唄咪吽！」這原初的真言頌響在心空
將成群的犛牛驅趕到淚河的中游
將萬千的哈達，繫掛在枯木的頂端
傾聽高原的血管，流淌馬蹄的聲音
傾聽正在分娩的卓瑪啦無著的牧歌

事實上，每逢初一、十五和所有的佛教節日必來轉經的，在師範大學教書的那若病了。在學校的一層公寓樓裡，那若擁有自己的一個小小菜園，也許這是公寓裡唯一的一個大棚菜園了。那若侍弄蔬菜的樣子比園丁侍弄花木還要專心。那隻放生羊，被那若在菜園靠近大門的地方給搭了個羊圈。那是座防雨的小木屋，屋裡的地板上鋪著他從羊達鄉運回的青稞杆，羊圈的柵欄上被那若用各種顏色寫上古梵語「嗡瑪尼唄咪吽」的「嗡」字。那字跡古樸蒼然，看樣子是用心力寫的。令人驚訝地是他生病的這些日子，放生羊卻十分健康，雪白的毛色未曾有一處污濁。它咀嚼蔬菜和吃食糌粑的神情還是那麼自然、雅致，像極了一位再生途中的卓瑪。

4

那若出生在藏北草原的安多。未到拉薩前，他就是故鄉牧場上的一個懵懂的孩子。除了草原上的風鈴草、霜白火絨草、針柔花，犛牛和羊群就是他唯一的玩伴。

八月，一年一度的賽馬節在縣城所在地帕那舉行。十一歲了，爸啦還是第一次決定請阿媽啦代管牛羊，牽起那若的小手騎上一匹栗色的牧羊馬到距離牧場二十公里外的帕那去看賽馬：亞爾吉（夏天的盛會）。

一路上，風兒在吹，花兒在開，小那若的心情別提有多高興了。一大早，阿媽啦就耐心地為他的長髮編上紅色的英雄結，爸啦將一把銀質刀鞘的小藏刀掛在那若的腰際，嗯，一下子那若成了位真正的男子漢了。

還未到縣城東南的草坡，就聽見人聲鼎沸，呼哨連聲；賽馬已經開始了。在一片緩坡處，爸啦先行下了馬，接著伸手微笑要抱那若下來。

「爸啦，我已經長大了……」話還未說完，人哧溜一聲從馬背上滑了下來。

因為是居高臨下，整個賽馬場一覽無餘。剛巧一位賽馬手打從父子倆的眼皮底下飛馳而過。「還未來得及看見他的臉呢。」那若在心裡說。

但被五彩的綢緞包裹的馬尾卻是看得清清楚楚。

不多一會的功夫，另外的一位騎士放開了手中的馬韁，手腕向後，張開雙臂，像俯衝的鷹鷲一般。後面的一位忽然間仰身躺在奔跑的馬背上，這個倒讓那若驚出一身冷汗。身旁的卓瑪也驚叫連連。第三位更絕，騎著騎著，人居然不見了，在大家屏住呼吸的當兒，他卻從馬的另一側重新翻上馬背。騎術中最為驚險的是飛馬拾物。本次在馬道上放置的是一條白色哈達，當騎手路過時要將整個身子傾斜到幾乎跟地面平行的位置，成功撿起地上的哈達才算成功。這是個危險性極大的競賽表演，整個安多地區只有最靈敏最強悍的騎手才能完成。沒想到要做今天這個高難動作的就是第一個路過那若父子面前的馬尾被彩色綢緞包裹起來的棗西。這一次，那若把眼睛定在棗西的身上，一路飛塵，在距離哈達還有十幾步遠的時候棗西上身騰空，兩隻腳像張開的燕尾，一隻手抓牢馬鞍，另外一隻伸到馬道像摟草一樣，將哈達摟到指尖，然後翻轉回馬背。那一刻呼哨聲、驚叫聲、歡呼聲、甚至小卓瑪的哭泣聲混合在一起，讓賽馬會的氣氛達到了高潮。

午餐就在賽馬場外沿的草地上進行。

那若幫助爸啦找來幾塊尖些的石頭，將小鋁鍋架在上面，再從附近撿些乾牛糞，鍋裡加上水，燒開後加些碎鹽、酥油和茶葉，最原始的酥油茶就做好了。接著爸啦解開糌粑袋，那若取下掛在腰間的藏刀，切割下一塊風乾犛牛肉，先遞給爸啦一塊，然後是自己的。那味道真當鮮美；那若學著大人的樣子，挺直腰杆，口裡嚼著犛牛肉，一手端起酥油茶碗，那風光的樣子弄得一旁的小卓瑪躲在阿哥的身後偷偷地笑了。

忽然一陣蒼然的歌聲打從不遠處的小崖畔傳來：

美麗的安多牧場啊！
遍佈珍柔花紫色的憂傷。
聖潔的安多牧場啊！
有白色的犛牛在向我訴說。
我那雲一樣純潔的卓瑪啊！
你是否會願意走近我身旁？

「是盲人頓珠次仁的歌。」阿爸回過頭來跟向著遠方張望的那若說。

「頓珠次仁！頓珠次仁！」那若癡然的樣子令爸啦很是不解。

「對，是頓珠次仁，安多牧場最好的歌手，他的歌聲能夠喚回迷途的雄鷹，能讓草原的羚羊聚集在他身旁。」爸啦興奮地說。

那時候的小那若還不知道詩歌這個詞，只知道草原上的牧歌經過頓珠次仁的嗓子就具有了一種磁性，深深地將自己吸附在它的身旁。甚至直到今天已經成為專業詩人的那若也區分不出牧歌跟詩歌的區別。在他詩歌的語言裡，總有當年牧歌的血液在其間流淌。有些牧歌的歌詞根本就不用加工就是絕美的詩句。當年的頓珠次仁就是他認為的最真實的詩人。

當時許多的歌詞要現場編撰的，草場上有那麼多的卓瑪，誰的歌詞最美，旋律最悠揚，卓瑪就會聚集到誰的身邊。所以牧歌不光要有祖輩的傳承，更重要的是要結合當時的場景和氣氛，調動所有的智商和情感將心裡話以歌的形式表達出來。

雖然頓珠次仁上了歲數，又是盲人，但整整三十年的光景，每年賽馬場外他的牧歌「贏得」的卓瑪最多，得到的哈達也最多。

茲格塘措的湖水
像聖潔的奶汁
可哥西里山的山岩
像你頸上的寶石
我倆身邊的小溪

是江河的源頭
我倆牽手的那日
江河匯流在一起。

那若就是在這詩歌般頓珠次仁的歌聲中一天天長大的。於是在他隨後放牧的山岩上、溪沙上留下了早期朦朧的詩句。

如果沒有父親那個突然到來的決定，或許如今的那若已經成為安多牧場的又一位歌王。

5

那若十三歲那年的五月，安多的草場剛剛變綠。

不知何故，一連數日，那若放牧的羊群總有幾隻失蹤。這可是個犛牛和羊兒產初奶和生育的季節。一家人心疼不說，總得查明事情的原因。於是爸啦安排那若繼續放牧，自己則提著把土槍將牧場方圓幾十里的地方都尋了個遍。結果別說羊兒的骨骸，就連死去的羊毛也未能找到一根。

什麼樣的野獸會有那麼大能耐？一次次那若拔出腰刀，要親自到遠方找到那狡猾的野獸報仇。在牧區誰家的牧場基本上是固定的，日見羊群數量還在急劇減少，但還得在那塊似乎被詛咒的草地上放牧。很快，強壯的爸啦在焦慮中病倒，最後連跨出帳篷的力氣都沒了。

愁眉苦臉的阿媽啦，只好將犛牛和羊群一起交給那若管理，自己一次次騎上那匹栗色牧羊馬到遠方的寺院祈禱！

望著她越來越憔悴的神色，寺院的堪布善意地告知她，家中遭遇的變故是因為禮佛不夠，是太忙於生計而忽略其他更重要的事情。

回牧場的路上，阿媽啦似乎一下子醒悟過來。除了給寺院更多的佈施外，一個更大的決定在心中形成：「將自己唯一的孩子，送到寺院出家，是對佛門最殊勝的尊崇！」她也真正反省這些年她和覺拉（丈夫）似乎將所有的精力都用在壯大牛羊群的數量，鮮奶的產量及草場的面積上，而忽視了佛恩！自家再多的財富都是佛祖賜予的，就連日漸長大的小那若的未來也沒有一個明確的規劃。難道他也要跟父母一起一輩子牧羊嗎？

心懷喜悅的阿媽啦將自己的心事輕聲告訴給覺拉時，覺拉好像也在第一時間開竅了。

「對，貢黛，就這樣做，明天你就去跟堪布商量，辦好那若進寺院學佛的準備。

不管多少年，只要寺院需要，就讓那若待在佛的身邊。」此刻，爸啦的神情好似從沒有生過病似的。

當那若聽到阿媽啦婉轉告訴他的計畫後，良久沒有說出一句話來：「我們是一個人人信佛的民族，佛也賜予我們獨有的河流和雪山。但羊群丟失的事情就是不知名的野獸殘害的結果，總有一天，那野獸會自己送上門來。我要親手抓住他，告訴爸啦事情的真相。」

可這僅僅是一個孩子的看法，那若雖有十分的不願，可老也想不出一個解決自己不去寺院出家的辦法。當然這也不能說那若對宗教不夠虔誠！或不真心，在心底他堅持認為丟羊的事情跟出不出家是兩碼事。最重要的是，那若還有自己的祕密：自從那日聽了頓珠次仁的牧歌後，他似乎一夜間明白了人間許多的道理。那旋律那歌詞能夠透明在他心中，讓他懂得活著的意義。所以他決定將來一定要找機會走出草原，到相距並不遙遠的聖城拉薩去讀書，去寫比頓珠更具磁性更具感召的歌詞。如果不是這場始料不及的變故，那若或許已經向爸啦提出去往拉薩的請求。

不過這變故發生也好，更堅定了那若去往拉薩的決心。那麼到拉薩住在哪裡？怎麼解決生存問題？到哪所學校讀書？學校又會不會收留自己？這些對於十三歲的那若來說，好像都是不存在的問題。只要心有所想，其他的所有事情都不算做事情。

6

轉眼，一路流浪著來到聖城拉薩的那若已經兩個月沒有吃到像樣的食物了。他也試著到城區的一些學校打聽能否收留自己。結果不是被門衛趕出來就是送給他把揉搓好的糌粑，讓其充饑。自認為是男子漢的那若總是在這個時候流下不爭氣的淚水。其實仔細想想，就算有學校收留他，十三歲的孩子讓他讀幾年級啊？並且在學校裡真能學到他喜愛的牧歌式的詩句嗎？

這個在現代人看來都很荒唐的事情，那若卻用瘦小的身軀和孱弱的靈魂在堅守著。唯一用來解悶的是夜半，在八廓街上的白塔旁，就著桑煙的餘溫，唱響頓珠次仁的歌謠：

美麗的安多牧場啊！
遍佈珍柔花紫色的憂傷。
聖潔的安多牧場啊！
有白色的犛牛在向我訴說。

我那雲一樣純潔的卓瑪啊！
你是否會願意走近我身旁？

也只有在這個時候，和衣而眠的那若才能感知故鄉的溫暖！才能體諒爸啦和阿媽啦之於自己的一片苦心！為了不出家，才離家出走來到拉薩；如今還不是每天跟轉經人一樣在八廓街上一圈又一圈的行走嗎？這不是拜佛又是什麼？

「普（男孩），你從哪裡來，肚子餓嗎？這裡不冷嗎？」藉著朦朧的月光，快要睡去的那若見到面前的一位跟自己大差不多的卓瑪，在問他話。

「我不是『普』，我已經長大了，我不冷也不餓。」嘴上裝硬的那若，回完話還是轉過身子抖索成一團。

「吶，這是油炸果子，剛出鍋的。明天就是班丹拉姆節了，敬奉仙女用的。阿媽啦說，這是我們藏族的情人節，在第一縷陽光灑在大昭寺的時候見到女神，女人就會變得一世幸福、一世美麗。」

此刻的那若肯定看不清也不願看清卓瑪的表情，否則她話中的幸福和美麗已經掛在了她的臉上。

剛剛還嘴上硬的那若，用髒兮兮的小手接過卓瑪遞給他的果子，嘎嘣嘎嘣地嚼將起來。

「對了，拘覺（小夥子），我要走了，回去後我要跟爸啦說你的事情。他是個大好人，說不定能收留你呢？」

「阿佳，你的家住在哪裡？」剛才還把自己當成男子漢的那若，卻稱呼看上去比自己小些的卓瑪叫阿佳（姐姐）。

「嗯，就在你對面啊！亮著酥油燈的那家。我住在二樓。看見你很久了，因為要幫助爸啦做生意，才沒空過來見你的。」

之後的每個夜晚，這個叫斯玲央措的十一歲女孩都會過來白塔看望那若。每次也總是帶些好吃好喝的，和一些鮮豔的衣物給那若禦寒。

就這樣，他們成了無話不說的好朋友。央措也終於打聽到那若到拉薩來的真正目的和夢想。

父親桑珠還是拗不過唯一女兒的請求，答應將流浪的那若接到自己家裡。看著雖然年幼，卻透出一股英氣的那若，爸啦還有另外一層想法。只是這些暫時只能放在心裡。

桑珠是八廓街為數不多的做邊貿生意的。就是從樟木老家那邊購進大量的尼泊爾、印度服裝寶石和手工藝品，倒到八廓街來轉手賣給內地和國外的遊客。那時候拉薩的旅遊市場剛剛起步，聰明的桑珠從事的可是最賺錢的暴利行業。短短幾年的時間，家產已經達到幾百萬了。

唯一不順心的是，想再要個兒子的桑珠，卻怎也不見阿佳啦有懷孕的跡象。開始時，桑珠還帶上阿佳啦到處尋方覓藥治療，甚至專程去了趟內地成都的醫院。診斷結果是不能再生育了。什麼原因，連醫生也說不清楚。

那若的到來，或許能夠瞭解自己的心願。所以打從進入桑珠家的第一天起，那若一點都不像是被收養的孩子。住宿、飲食跟央措沒有差別。

令人不可思議的是，桑珠不知利用了什麼關係，花了多少錢，居然將沒碰過書的那若弄到拉薩最好的小學讀一年級。

自此，牧區來的，一直在流浪的，做著詩人夢的那若，開始了他的全新生活。

第三章

1

第一次攀登海拔六千米以上的真正雪山，隊員們都會寫下遺書。問題是離家已經四年，又是隊裡最年輕的成員，央吉的遺書寫給誰呢？

這是一年前的六月，將要出發啟孜峰前，央吉的困惑。

就寫給自己吧，窗外月光中的風鈴在悠悠顫響，猶如故鄉巴塘寺廟的簷鈴聲，又像是來世的某種召喚。

「此次攀登啟孜峰，如若遭遇雪崩、墜崖或者其他不可預知的危險，以至生命終結，這之於我是件喜悅的事情。雖然我沒有將爸啦的靈魂帶到更高的卓奧友或者珠穆朗瑪，但我將自身帶入了天域。我又能夠見到爸啦，跟他一起生活了。」

寫到這裡，央吉將父親畫下的為她洗髮的小紙片取出來，在額心上貼了貼繼續道：

「所以央吉，請你不要悲傷。從爸啦去世的那一天起，我的生命就無從主宰。天是空的，地是空的，我就像天地間的一個風囊，找不見自己。央吉，高高的雪山寄託了我所有的希望，那雪山的頂峰就是我此生的白門，我的身軀就是把鑰匙，靈魂就是白門上的鎖孔。央吉，如何開啟這把鎖到白門的彼岸，你早就已經知曉。這是充斥幸福的時刻，你怎麼會哭呢？」

此時，已經淚不能禁的央吉抽了片紙巾在眼睛上擦拭。

「或許啟孜峰不會收留我，聽教練他們說，我們從相對難度較小的南坡攀登，如果是這樣，我將更加珍惜我這把塵世的鑰匙，等待那更神聖的白門展現。永別了央吉，我沒有什麼可以給你留下的，唯有這張紙片，它有我的魂影和墨香。」

寫完這些，央吉變得從容起來。該出發了，從拉薩到啟孜腳旁的噶洛寺只有兩個多小時的車程。想想胸口的這封遺書，靠近車窗的央吉微微地笑了。

進入寺廟，噶洛的尼姑有的在剃髮、有的在壓井邊清洗袈裟，有的手捧經書。央吉和隊友們一起，每人為佛祖敬獻了一盞酥油燈和一條白色的哈達。背上裝備，再走一段山路就到達海拔四千七百米的登山大本營了。

2

大本營夜間的氣溫有一、兩度的樣子。可能由於是第一次將要登臨夢中的雪峰，央吉的頭有微微脹痛。從睡袋裡抽出手貼到額頭：嗯，是發燒了。這是央吉最擔心的事情也是登山隊最擔心的事情。但如果隊裡知道，肯定將會取消自己的登山任務。那隨之而來的卓奧友、珠穆朗瑪就不知道是哪年哪月的事情了。於是央吉藉著月色倒了一瓶蓋的溫水；先在額上輕輕拍了幾下，然後喝了下去。現在唯一能夠釋緩高燒的方法看來只有這個了。

晚上十一時，迷迷糊糊的央吉感覺自己好像渾身都燃燒起來，額頭被汗水濕透了。

「央吉，別著急，我這裡有辦法的。趕緊躺回睡袋，如果再一著涼，可就真的沒辦法了。」

壓低聲音在央吉耳邊說話的是她的隊友格桑德吉。

說著德吉將央吉掙扎出來的半個臂膀按回到睡袋裡，因怕驚醒其他隊友，就以半爬的姿勢，抖索著從自己的背包中取出一塊酥油塗抹在央吉的額心，然後倒了杯開水服侍央吉喝了。

「謝謝，阿佳，謝謝！」因為嗓子太過乾燥，無論怎樣努力央吉卻發不出道謝的聲音，只好費力地移動身子，依偎在格桑德吉的身邊。在心底，怎麼會有同樣的場景發生在自己身上？那是多年前離家出走到達內地南京的第一個晚上。因為路途的勞頓，到那個在財經大學讀大三的叫格央的姐姐宿舍住下後，也發起了高燒。記得善良的格央也是不知從哪裡弄了塊酥油塗在自己的額心。神奇地是第二日醒來，高燒徹底退了。想到這裡，淚水又一次溢滿央吉的眼眶。

為了逃婚，在巴塘老家所在的鄉中學讀高一的央吉，在默默計畫逃走的路線和方法：路費方面應該沒有大的問題。在跟阿媽啦提出住校的要求前，她就積攢了幾百元藏在貼身的衣兜裡。

經過那次雪夜冥想，央吉決定到南京的格央那裡碰碰運氣。那次考上外地大學的幾位同學一起回母校探望恩師，央吉就注意到了那個叫格央的阿佳。跟其他的嘰嘰喳喳在校園裡叫個不停的師姐比起來，格央安靜地像黨吉曾然億萬年堆積的雪峰。最讓人感動的是，格央沒有穿戴內地讀書期間購買的所謂時髦服飾，卻是一身鮮豔的藏裝，回到母校。

當平時成績優異，又樂於助人的央吉找校長討要格央師姐在南京的地址時，校長還以為好學的央吉是要寫信給格央，探討些學習心得呢。所以就毫不猶豫地將地址抄給了她，還叮囑她以後有機會將這些討來的心得跟學校的其他同學分享。

當帶上簡單的行囊真的跟生養自己的故土告別時，央吉的淚水奪眶而出：「別了爸啦，別了阿媽啦，別了八曲河，別了黨吉曾然雪山。這一去還不知何時能回故里，還能不能回到故里？這給過我生命，卻又給我帶來無盡傷痛的故里！」

駛往成都轉車的汽車漸行漸遠，央吉取出貼身帶著的爸啦為她洗髮時畫的小紙片，貼到了額端。而朦朧淚眼中的黨吉曾然，依舊是那樣雄偉超然。

第一次出遠門的央吉，面對成都的高樓大廈，有些目眩的感覺。那高聳的水塔被她當成了超大的轉經筒，滿街的車輛，讓她感覺遠遠超出她見到了犛牛群的數量。為了節省路費，央吉這一路是唵幾口糌粑粉，喝些生水過來的。只是這成都到南京的行程又如何堅持啊！

成都的好心人，還是一次次幫助了著藏裝的央吉姑娘：乘公交到火車站，重新排隊買到南京的車票，一直到登上火車，尋找座位。這些都多虧了他們的幫忙。

央吉無心欣賞這綠色長龍一般的火車模樣，她在為自己未來的命運迷惘。包中的糌粑足夠她再吃幾天的，因怕別人看見她的吃法，總是趁他們不注意的時候，偷偷地到盥洗盆處接些生水在掌心裡揉搓幾下，再到車廂的連接處慢慢吞嚥。

「到達南京後，人海茫茫，又怎樣找到只見過一面的格央？見到格央，一個在讀大學的學生又如何能幫助尚小的自己找到工作？找到工作又到哪裡居住，伙食怎樣解決？」帶著這一連串的問號，在車廂晃晃蕩蕩的運行中，央吉趴到小桌板上睡熟了。

3

南京城的建築幾乎跟成都一模一樣，出了站，央吉在心底告訴自己，她不喜歡這樣的建築。她喜歡老家那種在山水間點綴的土木屋。這建築會將天空切割的很疼、很受傷。

在轉了好幾路的公交車，步行了一段段的水泥路面後，一臉塵埃的央吉站到了剛下課的格央面前。

「阿佳，我是鄉中學的央吉，我見過您的。」剛剛還有些詫異的格央，望著幾近虛脫的央吉，一下子將她摟在懷中。雖然她之於她沒有絲毫的印象，還是流著眼淚將她拉到學校的食堂裡坐下，搖著她的肩膀心疼地問道：「央吉啊，這一路幾千里，你是怎樣找來的啊？你不怕會走丟了，命沒了嗎？」

格央為央吉買了食堂現有的最好的食物端到她面前。央吉一邊道著謝，一邊靦腆地吃了起來。

回到宿舍樓，格央拿來自己的毛巾和衣物讓央吉痛快地洗了個熱水澡。晚上她們就躺在同一張床上，格央聽到了她這一生都未曾聽到的悲傷故事。像個大姐姐般，將苦難的央吉摟在懷中。

或許是因為這一路的顛簸，也或許是太過焦慮。夜半，央吉發起了高燒。本來是想將央吉送去醫院的，但格央想起了小時候自己發病時阿媽啦給她使的土辦法，就和衣起床找到塊酥油捏下一角塗抹在央吉的額和太陽穴上。神奇地是，第二日早晨醒來，央吉真的好了。

央吉是個勤快的姑娘，白天格央去上課，她就幫助洗下她所有的換洗衣物。學校裡也就格央一個藏族姑娘，央吉的到來緩解了思鄉的心緒，所以，每當央吉提出到市區去找份工作時，格央就跟她半開玩笑道：「普姆啊！要再過兩個月你才能到法定工作年齡呢，否則誰敢用你這個藏族童工啊！要犯法的。我跟老師說了你的事情，他們也給校領導反映了，答應你在這裡住的。你這樣聰明，我這裡可以免費教你大學課程呀。等我畢業你也就畢業了，那時候才出去找工作好嗎？」

「也只能這樣了，阿佳，真是麻煩您了！」

在財大的校園裡，兩個能唱會跳的藏族小姑娘成了學校一道靚麗的風景。只是在喜悅過後，格央一直在思考可憐的央吉的去處。

「回巴塘老家，肯定不現實，光給次仁阿叔退婚帶來的財產損失，繼父和阿媽啦就饒不了她，更別說讓她繼續讀書了。真的待在南京找份工作？這不是不可行，問題是格央跟央吉有個共同的看法，就是內地不光太熱，車子太多。最重要的是一年到頭見不到真正意義的藍天和陽光。彷彿天空有塊幕布，讓您永遠有張不開眼睛的感覺。那感覺隨著幕布的加厚，會侵蝕到心靈深處，讓你存在於盲我的狀態，不解今生。」

「要不，去聖城拉薩。」這突然而至的想法讓格央自己也大吃一驚！一個剛剛逃離苦難，尋求自己庇護的女孩，再將她送到同樣陌生的地方？格央用手指掐了下左胳膊。

再回過神兒一想：「其實拉薩並不陌生，它是所有藏族人心靈的歸宿，每年藏區那麼多的人磕長頭一路匍匐到拉薩朝聖，難道他們對那城不陌生嗎？許多人不是在路上就魂歸了佛祖了嗎？他們遺憾過嗎？最重要的是哥哥旺加還是西藏登山隊的教練呢。去年藏曆年回家，她還跟哥哥開玩笑說，不想讀書了想去登山。旺加卻認真告訴她，登山不是誰想登就能登的，這不光需要聰慧的頭腦，更重要的是堅強的毅力！」

「這些不都是央吉已經具備的嗎？一路思來，好像這想法並不完全荒唐。等自己再尋思尋思，就告訴給央吉，讓她有個心理準備。」

隨後，格央給遠在拉薩的哥哥打去了長途電話。剛開始旺加也認為這事情太過荒唐，讓她安心在學校讀書等等。

然沒過幾天，說妹妹想法荒唐的旺加，主動打來電話，邀請央吉到拉薩去，並且路費也由他寄過來。哥哥的突然轉變，弄得格央摸不著頭腦，但沒有考量的餘地了。就找了個機會將自己的想法一股腦地告知了央吉。

「阿佳，真不知這生怎樣報答您啦！」

望著央吉興奮的表情，格央再一次掐了掐自己的左臂：「嗯，不光疼，而且是很疼。」

就這樣，在南京生活了不到三個月的央吉又「幸福地」踏上開往拉薩的火車。不過在車站，抱著送她的格央，曾經拯救過她的善良姑娘，央吉哭成了淚人。

4

從海拔四千七百米的大本營到五千兩百米的前進營，雖說只有五十度的坡度，可對於央吉來說是次極具現實的挑戰。要知道，昨夜的發燒，是多虧了經驗豐富的格桑德吉的救助，好心的格桑也曾偷偷地勸誡她實在不行，就必須放棄這次登頂計畫。你最年輕，以後還有很多的機會。

格桑的話沒能阻止央吉的腳步，在她的心底，每一次機會都很難得。特別對於登山隊員來說，別說身體，一次反常的氣候變化，或者器械故障都能讓你苦心計畫一年甚至幾年的方案泡湯。所以一早起來，燒是退了，依舊感覺口乾舌燥的央吉還是強迫自己吃了點風乾犛牛肉。

執行這次登山任務的教練就是格央的哥哥旺加。

果然，旺加親自到拉薩火車站來接的央吉。在車站廣場給央吉獻上了條長長的哈達！

坐在旺加的越野車上，央吉沒有感覺到旺加更多的熱情，只等車子駛到紅山時才告訴央吉神聖的布達拉宮就要到了，要央吉注意車子的左邊。

故意地旺加放下了車窗、放慢了車速。央吉望著窗外恢弘的聖殿，眼睛濕潤了，趕緊合十雙掌，口誦：「嗡瑪尼唄咪吽！嗡瑪尼唄咪吽！」

終於濃蔭覆蓋的北郊西藏登山隊駐地到了，旺加讓門衛幫助將央吉的一點點行李搬到二樓的宿舍中。然後請她好好休息，明天他會安排人來，帶她去隊裡報到。

這宿舍樓一定是之前有人住過，看看內裡的裝飾，被褥的顏色，央吉相信一定還是個女生。陽臺上的卓瑪花看上去有些日子沒人澆了。最令央吉感興趣地是，露天的陽臺上會掛了串古樸的風鈴，夜風吹來，叮叮噹當似乎是在歡迎央吉的到來。

漂泊了幾個月後重上高原，央吉感覺到少許的呼吸不暢。於是到廚房燒了壺開水，吃了點路上剩下的零食。迷迷糊糊睡下了。

第二日，早早有位紮西過來叫門，央吉連忙簡單洗漱了下，就隨同他到宿舍外的辦公樓去報到。到了以後才知道，她只需要在一些表格上簽下字就行，所有的入隊事宜旺加教練都提前幫她辦好了。看看不遠處面無表情的旺加，央吉不知道是感謝他好呢，還是心照不宣地接受？

接下來的訓練非常艱苦，又是理論又是實際攀爬訓練。旺加對央吉可真夠關照的：無論什麼任務，央吉的總比別人的量人，要求也更苛刻。

後來央吉逐漸明白旺加的真實想法，一方面，請央吉到拉薩的登山隊來，是因為他怕還是個學生的格央無力照顧另外一個女孩，以至影響到她的學業，要知道格央可是巴塘他那個家族的唯一驕傲！能考上內地的大學，將來畢業了一定會出人頭地。在這個關鍵的時刻，作為哥哥的他怎麼會讓外人分她的心呢？同時他對央吉的經歷的確同情，剛好剛組建沒有幾年的登山隊正在招收學員，於是他第一時間想到了央吉。

另一方面，給央吉加大訓練和學習任務，是他從火車站接她出來時就決定的。就央吉的體格不這樣做她可能永遠只能是登山隊的後備隊員，永遠沒有登山的機會。值得慶倖的是央吉是個美麗聰慧的女孩，再加上自己加倍的培養，在不久的將來，也許能見她站立在高高的珠穆朗瑪峰頂。那時候他也將不會愧對妹妹格央和央吉這一路走來的艱辛了。

當央吉明白了旺加真實想法後，訓練和學習更加刻苦了。只有二十一歲的她能夠參與到登頂啟孜峰的任務，就是這刻苦的結果。

太陽早已經掛在空中，望著一地的高原苔蘚還裹著層淡淡的霧氣，央吉的心情好了許多。於是補充了口鹽水，抬頭看看了還在頭頂處的前進營。

剛巧旺加教練路過她身旁，看到了她的臉色關切地問道：「你沒事吧？是不是病了？」

央吉趕緊使勁地搖了搖頭，故意加快了腳步。

5

臨近海拔五千八百米的前進營時，央吉才感覺到腳好像都已經不是自己的。再望望前面的格桑德吉，似乎比自己的情況好不到哪裡。

「加油啊！央吉，就要到營地了，你真棒！」氣喘吁吁的央吉看見格桑伸出的大拇指。

「頭頂能見茫茫的白雪，看來離峰頂也不會太遠了。」於是央吉告訴自己振作起來。做今天最後行程的衝刺。

這時候，好像有風吹來，算不上強勁可裹挾到臉上的是山頂的雪沫，砸到臉上是生疼的感覺。不過歷經磨難的央吉喜歡這種感覺：從巴塘到內地再到拉薩，這一路的漂泊好像已經走完了地面上的路。如今逼得自己失去了路上的空間，所以只好到這雪山上來，到這幾年前還沒有人類留下腳印的啟孜峰頂來。

剩下的路程，風一直不急不緩地刮著，偶爾大些的時候，弄得旺加教練心都亂了，不會天氣有所變化吧？來時請市氣象局要了一手的五日內啟孜峰的資料，按理說這資料不會出什麼問題。否則也不會安排大家這幾天登頂。

其實旺加的擔心是多餘的，待央吉她們快要登臨營地時，風速慢慢減了下來，並且逐漸地消失無蹤。央吉扔下登山杖一步撲倒在格桑德吉肩上，如虛脫了般。

「好樣的央吉，知道你能行，你總會行的。」兩分鐘的時間，央吉緩過神來，幫助大家一起整理搭建營地帳篷。然後取火燒了鍋加了鹽和茶葉的開水。吃了些簡易食品，央吉感覺體力恢復了許多。就一個人走到離帳篷稍遠的地方，望向不再遙遠的牧狗一般的啟孜峰，心裡是難抑的興奮！

接下來的一天，是由前進營進發到海拔五千八百米的突擊營，調整好了心態的央吉今天走得特別穩特別順暢，該來的時候就來，不帶任何的雜念，這是每位登山隊員必具的心理要求。所以聰明的央吉也不去看前面的格桑，也不回頭看後面的隊友，就這樣瘋狂地一步步行走。這方法的確奏效，在預定的時間內，央吉順利跟隊友們一同到達最後的突擊營地。

不知何故，這最後的一宿，央吉翻來覆去睡不著，頭是不燒了。但身體裡總是有種莫名的東西在折磨自己，讓央吉始終處於一種恍惚的狀態：好像自己已經站立在峰頂，身邊不見一個隊友。這一刻，央吉感覺不到恐慌，竟然毫無意識地取出隨身攜帶的登山隊宿舍的鑰匙往峰頂的雪叢中插了插。那扇白門果然微微地洞開了，只可惜門太小，央吉先將爸啦畫的洗髮的紙片投進去，當自己低下頭也準備跨過去時，那門竟奇異地合攏了。

凌晨兩點半，就聽見旺加教練催促起床的聲音。大家借助頭頂燈，摸索著收拾好睡袋，吃了幾口糌粑和熱食就匆匆出發了。

央吉依舊走在格桑的身後。沒走多遠，就到了冰雪覆蓋的永久凍層，旺加教練要求大家使用上升器，拽著繩索前進。央吉還是試圖用昨天的狂走法前進，但沒堅持多久，就潰敗下來。昨晚那恍惚中見到的場景，讓她神迷地思考著那樣的結局究竟是雪山要告知自己什麼？預示此次登頂的成功，抑或是爸啦見到這一路的艱辛，勸誡我放棄以後的登山機會？

「不好，天哪，救……！」

「命」字還沒出口，一陣旋風中，央吉整個身子跌向腳邊的巨大冰裂縫，這才是凌晨四點多的光景，沒有人知道央吉發生的險情。茫茫中，下意識地央吉將手在空中胡亂地抓了一把，居然抓到了格桑的褲腳，當感覺到格桑也隨著自己開始下墜時，央吉絕望地閉緊了眼睛。

奇蹟，果真是奇蹟，因為繩索的作用，最終格桑將自己固定在一處突出的岩石上，前面感覺到異樣的旺加教練趕緊招呼大家一起伸手來救懸在空中的央吉。所有的頭燈聚焦在央吉身上，一寸寸，終於死神與央吉擦肩而過。

還沒來得及說句感謝的話，旺加教練就又催促大家上路了。

給這樣一驚，央吉似乎清醒過來，緊緊地跟在格桑的身後，以腳尖著地，一步步堅實地向上面攀登著。冰雪好像永遠沒有盡頭，天空也彷彿永遠不會放亮，但央吉不再去胡思亂想了，仔細起來，人永遠在這樣的月色和冰雪中行進也是幸福的。總比那些一生待在都市中，有了車子想房子，有了房子想更大房子的人要實在許多。

恍惚中，似乎有紙片從眼前飛過：是隆達，一定是隆達，前方的隊員已經登頂了。

果然，央吉聽見了不遠處傳來的歡呼聲。然後是旺加教練叫大家趕緊帶上雪鏡。

慌亂中，央吉望見雪山第一縷陽光將他們每人給鍍上了一層美麗的金輝。漸次的，像一塊大幕，陽光灑遍了整座啟孜峰，然後向身後浩蕩而去。

終於，央吉也站立到只有兩個人才能立足的啟孜峰頂。望著身邊層層疊疊的金色山巒，央吉抱住格桑德吉的肩頭，淚水悄然下落。

這恍若夢境的真實啊！

第四章

1

好像有某種神性的召喚，一連數日，格桑玉珍無心畫畫，就不停行走在這轉經道上。

「放生羊，我的放生羊！」這脫口而出的心底話弄得格桑紅了臉。在靠近德吉南路的人行道上，格桑玉珍追了上去，讓她遺憾的是依舊未曾見到魁偉的那若。望了望身旁突然出現的玉珍，會轉經的羊兒似乎認出她來，衝她哞哞地叫了幾聲。

這時候，玉珍才發現它身上的氆氇片縫製的簡易褡褳，裡面是瓶鮮奶和一把菜葉。再一翻居然是一封那若寫給自己的信：

玉珍姑娘：

請原諒我的唐突！其實你的關心和疑慮通過你的目光我猜到了。關於放生羊和我，的確是一個無限悲傷的話題。每天都有放生羊在轉經道上行走，但只有她，長得跟您一樣的斯玲央措是以我的放生羊的方式在人間行走的。所以這放生羊有它的名字。

可惜的是，生活中斯玲於一年前去世了。這隻阿爸從安多牧場帶來的羊兒有著斯玲一樣的目光，於是我就放生了它，帶它轉經。

原諒我這些天未曾聯繫您。我想我將會追隨斯玲央措遠去！

那若字

讀到最後這句，格桑玉珍分明感覺到那若出事了，跟隨在這隻被那若稱作斯玲央措的羊兒身後，玉珍來到了那若所在的學校公寓樓，羊兒斯玲很乖巧地鑽進羊圈，隨後玉珍敲響了那若的房門。

再次見到的那若，憔悴地變了身形，鬍子好像許久沒有刮過，眼圈深陷。唯一能夠找見他過去影子的，是那只高聳的鼻樑。房間裡也是那種潮濕的嗆人的味道。在靠窗的那張舊木桌上，玉珍一眼見到滿煙缸的煙灰和一張已經完成的詩稿，還靠在內室門框上的那若，示意格桑玉珍可以拿起來讀：

〈我陪你轉經〉

斯玲，我在陪你轉經
將你的身影佈設在白天的光影
可你只願停留在我夢中

斯玲，我在陪你轉經
夜幕降臨，當我燃起萬千的燈盞
等候你的甦醒
你可還能找見這回家的路口
這五彩的經幡，是我念你的見證

此刻，斯玲，我淚不能禁
從前世到今生
我隨匍匐的人同行
可你在哪裡啊？我夢中的斯玲

緩緩地放下詩稿，玉珍輕聲啜泣起來。那若連忙將她拉到椅子上坐下，再抖索著準備點起煙缸內那支抽了一小半的香煙時，被玉珍善意地制止了。

那個做著少年詩人夢的那若，十分珍惜桑珠給他的學習機會，刻苦加上聰慧，小學和初中課程那若是在跳級的過程中完成的，到了高中，那若已經跟比自己小兩歲的斯玲央措同班了。

多年的養育之恩，雖然安多牧場的父母親也於多年前找到了那若，但那若業已改口跟斯玲一起稱呼桑珠爸啦。這當然是桑珠希望看到的。打從收留那若的第一天起，他就有將他視為繼子的想法。可隨著時光的推移，再見到已經長大成人的兩個孩子時，桑珠的想法又有了改變：從小青梅竹馬的人，怎麼可以讓他們分開呢？並且那若又是那麼優秀，看他的成績，終有一天會走進他們祖祖輩輩夢寐以求的大學校園，那他桑珠，此生也算沒白來世間一遭。

2

其實，桑珠的想法也是已經成人的斯玲央措的想法。從十幾歲開始，一起手牽手地讀書，幫助爸啦打點生意，只一個眼神一個動作就能知道彼此心裡的想法。同時那若事實上也成了斯玲心中的保護神，只要有人對她使用不敬的語言或者以其他方式欺侮她，那若會第一時間站出來。哪怕事情已經過去很久了，知道後那若也會去找人家算帳。有這樣一位哥哥保護自己，斯玲無憂無慮地度過了小學和初中的生活。

慢慢地，斯玲似乎無法適應沒有那若的日子，對他有種天然的不能割捨的依賴。只是將心思完全放到學業上的無比聰慧的那若卻沒有想到這些。高中同班的兩個人依舊以兄妹相稱。但曾經牽著的手再不能碰觸，曾經無邪的眼神再不能交織。

由於旅遊業的強勁發展，桑珠陸續聘請了一些外地員工幫助打理生意。店鋪也由當初的一家，發展到如今的五家。這樣，就徹底騰出時間讓兩個孩子安心學習。剛好這一年也是他們高考的年份，所以不光是生意，甚至連生活中的一些小事情也不讓他們伸手，完全交給阿佳啦（妻子）去照理。

有這樣的學習環境，那若感激在心裡，學習更加刻苦用功。而一心只想著將來的一天將嫁給心愛的人過著幸福生活的斯玲，可沒把心思用在學習上。能不能考上大學對於她已經不再重要，重要的是她跟那若未來的生活如何設計：「跟爸啦一起將生意做得更大？到郊外設計一個大大的兩個人的牧場？然後為那若生一大堆的孩子？」想到這裡，斯玲的臉紅了。

「又在想些什麼？阿佳，看看你的臉都紅啦！快要高考了，你打算報考哪個學科？」

這麼多年了，那若一直叫比自己小兩歲的斯玲阿佳（姐姐），這個斯玲跟她說過幾回了，還請爸啦一起干涉，可那若就是改不過口來。或許在他的心底，斯玲央措是他永遠的阿佳。

本來爸啦為他們兩人每人買了輛自行車的，可斯玲總是找各種理由說她的那輛壞了，就賴著那若帶她上下課，如今交警不讓自行車後座帶人，斯玲寧願過路口的時候讓那若先騎過去，自己再小跑著趕上來，這舉動總是弄得那若哭笑不得。

「就報文科吧！」緩過神來的斯玲感覺到自己剛才的失態，他知道業餘喜歡詩歌的那若肯定對文科感興趣，所以就脫口說了這句。

「嗯，看來，我們的斯玲將來也要當詩人、作家了，這樣我也有機會零距離地跟詩人探討文學方面的話題了。」

聽那若這麼一說，斯玲開心極了，就將額頭向那若的後背貼了貼。

這期間，故鄉安多牧場的父母親也時常過來看望那若和他現在的一家，望著孩子能夠在這樣的環境中讀書成人，父母親心底雖有遺憾，但更多地是充滿喜悅！於是比以往更加誠信敬佛，農閒的時候，阿媽啦也會到大昭寺前不分晝夜地磕著長頭；爸啦也在牧場的帳篷中設置了一個小經堂，每天抽出一定的時間拜佛誦經。

3

高考成績公佈的那天，那若和斯玲一同去的學校。

那若的分數已經超過了所報考的第一志願「西南民大」，而斯玲顯然落榜了。

七月的拉薩城，終於迎來了滿目翠色。進入羅布林卡你有仿若進入內地江南某個公園的感覺。靠近黃色牆角的蒲公英只剩下一支支柔褐色的曾經托載過希望的管柄；使人聯想到那些帶羽的美麗種子，如今在哪裡安了家？

終於那若的理想安了家！為了安撫落榜的斯玲那若沒有表現出任何的興奮，故意找理由帶斯玲到林卡散心。而斯玲的想法恰恰相反，考不上之於她早有心理準備。只要那若能上大學，就足夠了。所以她帶著一種慶祝的心理，愉快地隨那若來到林卡。

他們找了塊茂密的草地坐下來後，一向果斷的那若靦腆道：

「其實考上考不上，並不是人生的終極目的，真希望阿佳不要存壓力。要不就複讀一年，來年再考？我相信阿佳行。」

聽到這裡，斯玲央措才明白那若誤會了她的意思，連忙吐掉口裡一直含著的蒲公英柔管，釋然道：

「我的大學生唻，我才沒計較自己考學的事情！上不上對於我並不重要，重要的是將來要面對的生活上的事情……」說到這，斯玲一下子憶起那天在自行車後座上想給那若生一大堆孩子的窘態，臉就又紅了。

「對的，阿佳，生活上的事情更重要，你能想到這些我就放心了。待會兒，我們就回去把我的成績告訴爸啦和阿媽啦吧，請他們也開開心！」顯然，那若沒有讀懂斯玲的真實想法，不過今天是個歡喜的日子，斯玲微笑著害羞地請那若牽一次自己的手，那若牽了。回到林卡的門外，斯玲依舊坐在他的自行車後座上，那若使勁地搖響車鈴，那幸福的心情還是無意識地表露出來。這次或許是太過興奮了，忘記下車的斯玲被十字路口的交警逮了個正著。

送那若去機場的路上，終於一路上都在哭泣的斯玲將額頭貼到了那若的胸口。飛往成都的班機就要起飛了，望著身後依舊在掩面抽泣的斯玲，第一次心頭有種隱隱的作痛，彷彿真的要將一起長大的斯玲拋棄在另外一個世界上。這是怎樣的一種情愫：是親情、友情、是愛情？似乎都不是，又都是。但不管怎樣，事實上斯玲是他今生都難以割捨的人！這一點，通過隱隱作痛的心已經真實地傳達給了自己。

所以即將過安檢的那若，再一次轉回身，用手掌幫助斯玲擦了擦眼睛，然後做了個飛翔的動作，就又逗得斯玲含淚笑了，然後才放心地走進候機廳。

到達成都後，那若全身心地投入到學業上。課餘他依然在思考牧歌跟詩歌的關係：說牧歌是詩歌是恰當的，只是前者更利於傳唱，它來源於民間，流傳於民間。而早期的詩歌也是以傳唱為目的的，只是繁衍到後期，就變成詩是詩歌是歌了。這一點，對於詩人來說，會有一種創作上的自由。但潛移默化地，這樣的體裁和形式也慢慢脫離了民間，失去了它原有的強大自然的生命力。

那若憑直覺對於詩歌的認識，不知對或者不對。這個已經不重要，在拉薩時，他依舊會經常回到故土安多，親自去找已經蒼老的盲人歌王頓珠次仁，頓珠在唱，他幫助記錄下歌詞。整整一本子的牧歌，稍加整理都將是最簡約最驚魂的詩句。每次翻閱這些，那若的手指依舊會微微顫抖。

偶爾，他也會跟頓珠老人站在風中的牧場唱上兩嗓子，顯然他們的歌聲沒能夠喚回迷途的雄鷹，讓草原的羚羊聚集在他身旁。但那份超然於人世的感覺，讓那若有種置身在雲端的真實。

4

斯玲央措沒有再去複讀。她認為離開那若的天空不再會有飛鳥。整日就在一種相思的煎熬中度過。桑珠早已猜透了女兒的心思，現在他的生意不再侷限於單純到樟木進貨，而是直接到尼泊爾採購。為了讓斯玲散散心，就將這份工作交給了她。

剛開始時，對於異國他鄉不同的風土人情，斯玲的確產生了些興趣：從加德滿都杜巴廣場、泰美爾觀光區，到博克拉的近距離觀賞另一面的喜馬拉雅雪山，再到藍毗尼的佛祖誕生地。

問題是去的多了，斯玲思念的還是她的拉薩，她的那若。

這是一個性情決絕的女孩，愛了就愛了絕不反悔！她為在那若去成都前沒能跟他表白，而心生遺憾。可後來那若回首後幫她擦拭眼淚的場景又使她相信他在心底是愛她的，也是因為這多年的姐弟相稱而沒有機會表示。想到這裡，斯玲央措又變得釋然開來。於是便時不時地撥通那若的手機，跟他說些不痛不癢的話。

經過多年的付出和努力，再加上天賦，那若的詩歌已經形成了自己獨特的風格。在西藏、青海等藏語文學刊物上，堅持母語寫作的那若發表了大量作品。大學生活並沒影響到他的創作，對於詩歌的執著，已深入骨髓。

而對於斯玲每次電話中欲言又止的無奈，那若當然瞭解她真正的心思。可無論怎樣的心照不宣，那若還是心存芥蒂，畢竟近十年的姐弟相稱，另外彼此的年齡都還小，如果一下子將彼此間的感情上升到談情說愛的份上，估計是誰都接受不了。同時，那若還有另外一份心思，那就是感恩！如果沒有斯玲一家當初的收留和撫養，自己能不能在拉薩城活下來都不好說，更別說現在的境況了。

他認為感恩的形式有多種，但他曾不認為跟不跟斯玲結合是其中的一個選項。那是一種褻瀆他跟她之間感情的做法。如若真心相愛，那又是另外一回事。

那麼究竟是哪種報答方式？

為爸啦和阿媽啦買棟大些的房子？名牌車子？這些好像不是自己的本意，也不是爸啦他們想要的。

記得小時候，一家子在一起吃晚餐的時候，爸啦故意問他說：「那若啊！等你長大了，拿什麼報答我和阿媽啦？」

「嗯，我要給爸啦買一大箱子的巧克力，給阿媽啦買一冰櫃的冰激凌。」這樣天真的回答讓桑珠和阿佳啦幸福地笑個不停。

而如今，自己真正長大了，卻不知要回報他們什麼？也許桑珠從沒期待要回報什麼。他只是以一顆慈悲的心，做了件該做的義事。那若的健康成長，大學畢業後找份好些的工作，一生平平安安，或許才是桑珠他們最需要的。

問題是執拗的斯玲央措並不曾那樣想。

她始終認為那若就是天上掉到他們家的，從那若被收留的那刻起，他們的命運就緊緊相連在一起。不管將來發生什麼，有怎樣的變故，那若都是她的，當然她也是那若的。所以當那若的電話總是不冷不熱，似乎故意在跟她保持一定距離時，她的第一感覺是他變了；變化的最大理由是那若在大學愛上了別人。

長時間的焦慮和糾結，弄得斯玲憔悴不堪，於是決定到成都去，弄個水落石出。

陡然出現在大學門口的斯玲，讓那若吃驚不小。

這倒不是因為她沒跟他打招呼，而是她瘦弱不堪的身體和游離的眼神。那若不知道發生了什麼，百般地呵護、關照著斯玲。等到她心緒好些的時候，那若關切地問道：「阿佳啊！究竟發生了什麼，使你弄成這樣？是家裡發生什麼事了，還是我哪裡做得不對？」

而斯玲一句話都不說，就是不停地流淚。

問題是直到臨別的一刻，連她自己也沒有勇氣跟那若說出一個愛字。困惑不解的，又似有所悟的那若，一路上牽著斯玲的手，讓她將額頭貼近自己的胸前。對於斯玲他有萬分的情誼，可彼此相見的時候，卻總也說不出口，或許還是怪時機尚未成熟吧。等待或許是他們唯一的選擇。

那個已經飛行在空中靠近舷窗的斯玲，癡迷地望著近旁空茫的雲朵；她有著跟那若一樣的煎熬和無奈啊！

「愛之深，恨之切！」由此衍生的山解和糾結終將斯玲帶入到無底的深淵，給那若帶去的則是無邊的懺悔和心疼。

5

這之後，似乎一夜清醒的斯玲央措不再跟那若通話，她懂得，是自己的總歸會來。於是將心思真正撲在爸啦的事業中。

如今，她可以獨自駕車到樟木的口岸接貨，尼泊爾這邊的進貨事宜全部交給多年信任的尼泊爾人親自打理。這樣做，斯玲還有一個不為人知的祕密：打從日喀則到樟木的這條公路是她所認為的世界最美的線路。一路的雪山、牧場冰河、村莊，是她心靈滄桑部分的天然寄託。珠穆朗瑪、夏爾幫瑪、卓奧友，這一座座人類最高的雪峰，承托了多少她在人間不曾承受的驕傲和夢想。當車子進入聶木拉縣境內時，那連綿的森林，潺潺的溪流又讓人仿若回到人間。樹木、花草，小獸、枝果，多像她跟那若之間情感的總和。然而當斯玲央措明白這些，在認真享受這些，平靜地等待即將畢業的那若時，一場滅頂的災難降臨在她的身上。

斯玲駕駛的滿載貨物的皮卡車，在聶木拉縣城下坡的途中跟一輛內地來的越野車迎頭相撞。貨物拋灑一地，越野車上的乘客只受了點擦傷，而此刻的斯玲央措，美麗的、生活在夢幻中的斯玲央措，卻已是面目全非，臨行的一刻，她撥通了遠在成都的那若的電話。

黃昏時，那若聽見的是慌亂的叫喊聲、惋惜聲，最後是聶木拉山谷徹夜的冷風。斯玲阿佳出事了！這再清醒不過的意識，通過午夜桑珠爸啦的電話得到證實。

魂已飛，煙亦滅。匆忙趕至樟木的那若，哭昏在斯玲央措遺容旁的那若，恍惚中望見阿佳染血的掌心攥著的一顆淡紅色九眼石，掰開她早已經僵硬的手指，那若分明望見九眼石上那醒目的白色蓮花。

天葬斯玲的那日，無法面對這生死兩隔的場面，那若夜夜跪伏在經室百盞的酥油燈前，泣血寫下了這首：

〈哭泣的九眼石〉

第一眼

斯玲央措，第一眼我就將您攝入魂中
桑爐之上的月影，你以度母的顏容
喚我甦醒

那時，我還是個懵懂的孩子
拉薩滿城的珠寶，你為何獨將我捏在指尖
哪怕咳著血，也不曾放鬆

第二眼

第二眼，斯玲，我在蓮花的瓣上
於世間漂行
你以額觸地，在茫茫人海，捕捉我被溫暖的
自由心空
那時候，我不懂得感恩，只知道歸來或者離去
離去還將歸來

第三眼

斯玲，我是那個在你掌心獨舞的罪人
我踐踏萬畝的莊園
以極端的方式告知你，我對你愛有幾深、情有多濃

可你就端坐在暗夜裡等我
不願見光明

第四眼

那些西向的河流，在孟加拉灣喜悅地翻捲
斯玲，我不懂得你逆向的終端
就在一處處河口，無助地等您
一等卻是百載、千轉

第五眼

斯玲央措，第五眼中不包含淚水
這些紅色的身骨，也並不是您血染
如果我也行在一條不歸的道上
你可還願與我同眠

第六眼

骨弱形骸，我以這樣的形象在向您靠近
沿途，我還將遍植牧歌
將自身的衣衫託付給行走的林木
將最後的血，染成血紅

第七眼

跟九眼石一同沉寂經年

第八眼

斯玲，這一夢千載的歷程，是在向您懺悔
還是在乞求您再次的護佑和溫暖
我是個長不大的孩子
我失手打碎的，都是些無法修復的圖騰

比如，你此刻被損毀的骨骸
我用一生跪拜，也難尋舊影

第九眼

我哭故我歌
拉薩有浮生
拉薩若浮生

一旁，早已泣不成聲的格桑玉珍，輕輕地將那若的額貼近懷中，她未曾想過，世間還有這樣淒迷痛傷的愛情。她為斯玲央措惋惜的同時，也為那若的一片癡情而感動。

之後，安多牧區的爸啦，送來這隻純淨的小羊。第一次望見它透徹的眼神，那若知道它既是斯玲央措的轉世身。於是毫不猶豫地在它的耳孔上穿上紅布條，在它的背脊塗抹象徵將被放生的紅色。為它梳整身子，帶它去轉經。因為前幾日是斯玲央措的忌日，又加上格桑玉珍長得和斯玲的容顏極像，所以病中的那若就在放生羊的身上備了些食物的同時，放了封給格桑的信。

第五章

1

如果說這世間還能有一個真正讓自己幸福活著的理由，那就是雪山峰頂的白門；能夠喚醒一切溫馨記憶的鑰匙，就是爸啦的紫年琴。

在拉薩生活的第二年，恰逢藏曆五月十五日的卓林吉桑節，央吉決定攀登乃瓊寺後頭，海拔五千四百米的萬分殊勝的根培烏孜峰。

縱然是位職業登山隊員，午後四時出發，一連五個小時的連續攀登，還是弄得央吉疲憊不堪。真正給她帶來一些小喜悅的，是山道旁那些素色的、海棠紅的、檸檬黃的開得正豔的小小花朵。說來，令人不可想像；那些花朵竟會有層次的花香。並且一層層的味道也不同：比如這種有著海棠紅的小碎花，第一層是淡雅的清香、鼻子再靠近一點，嗅到的居然是帶些點點甜味的露凝香、再深一層，是蓮蕊無聲的馥鬱。如果有暗風襲來，那層層的味道又將複合到一起，又將是另外一重難言的誘惑。

「思來，這世間真當奇妙！刻意追尋的總是無果，不經意的即在你身邊層次綻放。」坐在山岩上休息的央吉，想到這些，就苦笑著望望山下，浩浩渺渺的、所有樓宇凝結在一起的拉薩城。

終於到達根培烏孜山腰處的日綴寺後，太陽已經落山。央吉走入寺廟在佛陀塑像前磕了三個長頭，而後站起身，點了盞酥油燈。裡面沒有電燈，在廟前的臺階處，央吉望見影影綽綽，來自藏區各地前來朝拜的人。以年輕人居多。

在夜色中往前行五十米，是處龐大的舊寺廢墟。

月下，這陡然橫立在眼前的景象，瞬間擊穿了央吉的心胸：對了，像一處古時的城堡，在月下泛出冷清的寒光。因為剛剛落了小雨的緣故，還未來得及卸下背囊的央吉，緩步走進廢墟的裡層，腳下是滑脫的舊日時光。碰上手臂就會疼癢的蕁麻，幽森森的，令人避而不及。

央吉手腳並用登上殘垣的半部，透過斑駁的窗格望向河谷中的拉薩城：就剩下廢墟了！

這一種角度看到的景象，無端地讓央吉的心情沉重起來。那亙古流淌的拉薩河，被城市淒迷的夜燈包圍住，傾過身子再看河谷的西側：就是一隻幽亮的大腦袋怪獸，在衝這廢墟中的人眨巴眼睛。央吉趕緊打斷垣上逃離下來。

角度、光影會讓世間有如此大的反差，那麼究竟哪個是真是假？問題是真假都是通過自己的眼睛真切見到的。在廢墟前的草地上搭建帳篷的央吉陷入了空茫。

打開冷食才發現，忘記帶筷子了。於是央吉從離帳篷不遠處的一簇灌木上折了段枝條，然後用刀子細細整理了下，才借助隔壁日喀則人的篝火開始自己的晚餐。之後就近坐到帳篷門口的一塊白石上，想把剛才見的廢墟中的拉薩城從腦中拆除。「就當是種錯覺。」央吉這樣寬慰自己，接著將目光投向身後的根培烏孜，依然的雲遮霧罩。

突然，一陣陣熟悉的紮年琴的聲音打從不遠處的廢墟前空地響起。那是久違而又蟄心的聲音，這聲音只有爸啦曾經享有。

恍若有什麼力量的牽引，不由自主地，央吉向篝火前邊舞邊彈望上去很虛幻的紮西走去。

果然，那紮西頭頂繫著康巴人固有的紅色英雄結，六弦的紮年在他的指尖快樂翻飄；一會兒身前、一會兒身後，一會兒膝頭、一會兒肩頂，腳下是踢踏的舞步。面上的笑容在篝火的映照下，是那樣的虛幻迷人。

他的四周密密地圍了整整兩圈的人。一直安靜靦腆的央吉，此刻勇敢地走近場地的中央，伴隨紮年琴聲，泫然而舞。這裡她不光聽見了久違的爸啦的琴聲，還不時望見，爸啦透過黑夜，遞給她的深情溫暖的目光。

一曲終了，是自發而起的鍋莊。

這次是那個叫才桑的紮西主動拉起央吉的手，一起在眾裡搖曳，旋轉、踢腿、擺肩，仿若央吉回到了童年的舊時光，在爸啦的引領下，感覺生活是那樣的實在和美妙。

現實中，這自發的拉薩上空的舞會，領唱和領舞的儘是才桑一人。人群也像央吉一樣，著了魔般盡情釋放。

是天上，孰人間。打從巴塘離家出走至今，央吉第一次自由自身。

2

凌晨一時結束的舞會，讓央吉猶如生活在夢中。

回到帳篷，借助手電筒的光線，央吉從容地鑽進睡袋。

到拉薩兩年了，她還是第一次在外面支帳過夜，也是第一次登山，海拔五千四百米，目前之於她是絕對高度。距離城市這麼近，卻是完全不同的兩個世界的場景，讓她有些許的困惑。

朦朧中，外面下起了大雨。風吼水注，央吉卻睡得十分安詳！

凌晨三時半，持續不斷的嘈雜聲將央吉喚醒。又要出發了，因為若在日出之前能到達根培烏孜，是此行最吉利的時辰，央吉可不願意錯過。只是持續近兩個半小時舞會已經弄得大家疲憊不堪，且山上路滑坡陡，全程基本上盡是在亂石叢中趟過。

在即將翻越第一個陡坡時，生在高原長在高原的央吉感覺到胸悶難忍，額頭脹痛。再向前一步，或許就會倒在這朝聖的路上。此時，黃豆粒大小的冰雹如約而至，孤獨的進退兩難的央吉，頭頂驀然出現一頂雨傘。接著是一個熟雞蛋和一壺蓋的熱水。

才桑扶著央吉坐到一塊巨岩上。一聲不響地示意央吉多喝些熱水。

之後他們互相攙扶著在風雨中走進第一處的煨桑台前，也顧不上禮節跟眾人一起將凍紅的手相牽著舉到火苗上取暖。

攀登高海拔的山巒，不管體力消耗到何種程度，休息時間都不能太長，緩步傻走是最好的方法。於是央吉掏空了思想，跟在才桑的後頭，一腳深一腳淺地拖拽自身的軀骨。踏進亂石穿空的山坡時，才桑告訴央吉，再過一個小時就能達峰頂了。

連說話力氣都沒有了的央吉，哪裡還興奮的起來，指了指腳旁的山岩建議休息會兒。

這時候，東方的天空終於露出灰白的晨光。藉著這晨光，央吉這才發現，才桑的衣服已經被濕透。陡然滋生的心疼，讓央吉有原初的回歸；多少年的淒風冷雨，孤苦無依，哪怕有人能被自己愛護也是一種滿足，這無盡的心傷，居然會在這聖山的路途有處停靠。央吉有種復甦的幸福的感覺！

「這是爸啦賜給自己的！」央吉這樣想。

離天空愈來愈近了，央吉反而感覺不到剛出發時的胸悶，走得累了，將濕透的腳搭在道邊的石塊上休息幾分鐘，就可以緩過勁來。

當她同才桑走近最後一座煨桑台，便自覺地跟眾人站成一圈，同聲口誦：「吉吉索索，拉結羅！吉吉索索，拉結羅！（獻祭啊！獻祭，神勝利了。）」

然後仰首將掌中的糌粑撒向桑爐的上空。雪也在這一刻飄落，一片片像聖潔的小精靈，撫慰一顆顆蒼然、又無限虔誠的心。

自覺地，才桑攀至幡台，將他和央吉鮮豔的經幡緊挨著繫在插杆上。再將額貼在上面，做宏聲的祈禱！央吉則找了處高坡流著喜悅的淚水將隆達拋灑；這迎風飄揚的紙片承載了央吉多少的悲歡？這迎風被頌揚的萬千經文，又承載了多少央吉對於今生的期盼和來世的解脫。

隨後，他們一起牽起層疊的幡繩，在空茫的雪霧中順時轉經。再望望腳下層疊的山巒，央吉突然想到曾經在一本詩集中讀到的句子：「我是空的，為何還掛空中？」

3

近四十歲的才桑的朗瑪廳設在沖賽康的一個古舊大院中。這裡曾經是康巴、安多人聚居、做生意的大市場。

才桑還是上個世紀三、四〇年代朗瑪姬度（「歌舞藝人苦樂與共」，一個藝人組織）的傳人。在如今物質大潮的衝擊下，曾經的那個叫「內廷歌舞」朗瑪藝術，加入了太多內地歌舞廳那種功利的、無厘頭的元素。光影、音是得到了最大程度的顯示，臺上的藝人和台下的觀眾卻也因此變得虛幻、飄渺。

才桑的父親念紮當年從康巴的草原磕長頭到拉薩來朝聖，要做的禮儀都做了，結果實在無力再返回遙遠的康巴牧場。於是只好在這康巴人聚居的沖賽康靠彈奏紮年琴乞討度日。

一日拉薩城著名的盲人藝術家，朗瑪姬度的組織者之一，也曾經在這裡乞討過的阿覺郎傑，聽出了他紮年的功底，於是毫不猶豫地接收念紮加入到朗瑪姬度來。

阿覺郎傑有個十分傳奇的經歷：兩歲那年去外頭應差事的父母將他一個人留在加查縣的家中。結果老鷹叼走了阿覺的兩隻眼珠。從此阿覺郎傑的一生就在黑暗中度過。感覺十分愧疚的阿爸是一位六弦琴（即紮年琴）高手，便將這手藝傳給了兒子。

有著音樂天賦的阿覺郎傑在父親去世後只好孤苦一人到冷達渡口賣藝，後來流浪到拉薩。再被好心人介紹給朗瑪姬度。這期間盲人阿覺將這來源於民間的傳統文化朗瑪，反哺於民間。他在那一時期創作的大量膾炙人口，甚至到今天還在藏區各地傳唱的歌曲。比如〈甲令色〉，歌詞是這樣的：

甲令色啦
甲珠林是個小聖地
過去只聽人說起
想不到甲珠村的小少爺
今天卻和我難分難捨
想帶我走，我就跟你走
若不想帶我，我就留
那你需留下藏銀兩百五

再比如這首〈阿匛底〉：

阿叵底啦
曲桑仁波切的住地
翠綠的楊柳依戀
依依楊柳枝頭
畫眉鳥啼聲婉轉

之後才桑的父親念紮，在朗瑪姬度受到良好的系統的聲樂教育，一度成為朗瑪姬度的骨幹。他們到貴族達人家庭演出，也走訪於街巷民間。阿覺郎傑去世那年，整個拉薩的藝術界為之惋惜動容。作為真傳弟子的念紮更是悲傷難抑。並最終將這門藝術傳給了才桑。

所以今天，在沖賽康才桑的朗瑪廳名字就叫「阿叵底」。

年輕人都被那些現代的改了頭換了面的朗瑪廳吸引去了。如今到阿叵底來消費的大都是三、四十歲的喜歡傳統文化的人。只有幾十平米的場地，才桑只提供酥油、甜茶和青稞酒。燻黑的土牆除了掛樂器就是紀念阿覺郎吉的黑白放大圖片。

如果沒有後來央吉的加入，這裡將不會有女演員，就才桑和共同喜愛朗瑪藝術的藏大藝術系的兩位老師，一位叫旺堆，一位叫桑傑。

他們的生意可想而知的清淡，但他們在傳承在堅守！與其說是演給客人看的，還不如說是他們自己的自娛自樂。

有無客人，晚上九點半或者十點，都會準時演出。紮年琴還有內地傳來的二胡、揚琴、笛子，在他們這裡組成了最美妙動人的曲子。然後是堆諧（後藏、阿里民間歌舞）拉孜踢踏舞。這正宗的朗瑪姬度傳人的堅守，讓越來越現代的拉薩有了份厚重和希望。使拉薩的夜空，閃爍出熠熠的星輝。

4

從小親情被生生割裂的央吉，顯然將她跟才桑的感情定位為親情。確切的說是父女情。

西藏登山隊在北郊，到沖賽康的阿匹底朗瑪廳還需要段距離，央吉就買了輛二手自行車。就在這車輛和行人並不像內地般擁擠的拉薩城，央吉也不曾使用過脆耳的車鈴。安靜地來，再安靜地回去。同樣在騎老式自行車上下班的才桑都被她給感染了，於是主動地，哪怕路過沖賽康擁擠的市場，才桑也是安靜的，不搖車鈴。

聰慧的央吉，很快學會紮年琴的演奏方法和要領。當然，有才桑這樣的師傅手把手地教，進入角色一定快了許多。原則上，爸啦之於七、八歲的央吉還是個模糊的記憶，但那記憶通過他的紮年琴，通過那張他幫助央吉洗髮的小紙片，來的又是如此清晰。央吉並不曾將自己喜歡的紮年琴演奏，規化於藝術之類，她所認知的藝術或許是內地那些音樂廳、歌劇院裡面才有的方式。

女子參與紮年琴表演，這個可是才桑的首創。他懂得央吉之於樂器，特別是紮年琴自小的情結和天賦融通。

那天在乃瓊寺的後山，他也透過搖曳的篝火捕捉到了央吉沉靜的面容。「她一定經歷過什麼，她之於陌生人如此的執著，或許是睹物思情。」閱世的才桑，判斷是對的，凌晨三點半的登山行程，才桑一直跟在央吉的身後，他擔心這個不同於其他女孩的央吉發生意外——

白天在登山隊訓練，晚上便騎上自行車到阿匹底朗瑪廳學習樂器演奏和舞蹈；央吉這段時間的生活充實而又溫馨。為此，才桑將紮年琴表演的內容進行了修改和創新。本來這樂器和男生健壯的體格合二為一就是粗獷和細柔的絕佳統一。那麼換上央吉的身段，就只能是自然的融通。接著，才桑要求大家統一著裝：主要是上衣，以白色亞麻布，金色流蘇鑲邊為主調。下裝著黑色。

從此加入了央吉的紮年琴表演吸引了大批顧客。此後才桑又引入了拉孜踢踏舞表演。同樣地有女子參與的踢踏舞，別有一番風味。才桑、央吉、旺堆、桑傑，一段時間，他們四位在拉薩的朗瑪廳顧客中，享有了一定的聲譽。

又是一個惹風的夜晚，才桑送央吉回她的登山隊宿舍。如今他們成為無話不說的好朋友。

「央吉，天太晚了，你還是坐我的自行車回去吧？」

「嗯」。央吉看了看手機上的時間回道。

可能是太累了，一路上，央吉不知道才桑說了些什麼，好像盡是些纏綿綿的話語，以往的才桑跟她一天也說不上幾句話。所以央吉認為才桑是故意的，也就不計較這些，睏倦襲來，就將臉頰靠到了自顧自說的才桑背上。這突然間的身體碰觸讓才桑的心顫抖了一下，要知道多年的單身生活，他已經快要忘記「愛」這個詞了。邂逅央吉的第一天，他的心復甦了。而每每央吉不冷不熱的表情，又讓他感覺到她的真心好像並沒有放到這上面。那麼他能做的就是細心照顧央吉的生活；將一生為之付出的朗瑪藝術教給她。

但剛才央吉的輕輕一觸，似乎在向自己暗示什麼？於是甜蜜中的才桑，居然在夜闌人靜的拉薩街頭哼起快樂的牧歌。

臨近登山隊的宿舍門口，才桑才發現，央吉似乎睡熟了。喚醒她的時候，好像央吉還沉醉在另外的世界。打開房門第一次進入央吉的宿舍，才桑感覺到無限的溫馨：確然是一位懂得生活的姑娘，床上的被褥被疊得整整齊齊，上面端坐一隻可愛的白熊。枕頭上是自己手繡的格桑花圖案。靠陽臺的書桌上擺放著幾十本漢、藏語書籍。藏香的餘味在室內輕捲，悠悠的風鈴在細說過往。夢幻中的場景讓才桑不由自主地將央吉攬在懷中。開始央吉沒有拒絕，但只短短的幾秒，似乎瞬間清醒了的她一把緩緩地推開了他。

「才桑啦，對不起，太晚了，我想早點休息。請您回吧。」這突如其來的變化讓才桑摸不著頭腦。剛剛還沉浸在興奮中的他只好無奈地應道：「嗯，說對不起的應該是我，是太晚了，你明天還要訓練。你看看我，對不起！我走了。」說這些的時候，那個將踢踏舞演繹的美輪美奐的才桑竟然語無倫次。

5

央吉是個內斂、安靜的姑娘。就像秋日雨後拉薩上空的雲朵；她無力讓自己做的透徹，但可以遠離喧囂和污濁。在原初的領地，做現實的行走。那麼這身邊，不管以任何理由停留在身邊的風，就只是伴行的溫暖或者燈盞。當然央吉也將會戀愛，將會像這城市的眾生一樣結婚生子。央吉認為應該有個準備，而不是愛了就愛了。在她的心底，那是件殊勝的事情！她不能馬虎。

以這樣的心理，那個夜晚，央吉理所當然地拒絕了才桑的暗示。她承認她也愛著這個比自己大許多的男人。她尊敬他，愛戴他，但這愛分明讓她感覺帶有太多父親的影子。那個在她八歲就去世的父親臉廓都是模糊的，央吉不管這些，每一場的父愛都將刻骨銘心。

之後的週末、周日，央吉依舊到阿医底朗瑪廳去演出。她也是個能將感情和生活分得很清的人。才桑一如從前地關照著她，甚至比從前更加細緻。這個連他自己都覺得奇怪，求愛被人家拒絕了，居然還能接受對方回到曾經的生活場景中來。

或許那也不能叫求愛。才桑明白央吉雲朵般的性情，那夜是自己冒失了些。如果不是大方的央吉重回到朗瑪廳來，他還真不知道怎樣處理他跟央吉之間的關係。

於是每次朗瑪廳的開場演出就成了〈甲令色〉，才桑以此來調侃自己：

甲令色啦
甲珠林是個小聖地
過去只聽人說起
想不到甲珠村的小少爺
今天卻和我難分難捨

想帶我走，我就跟你走
若不想帶我，我就留
那你需留下藏銀兩百五

帶上一層淺淺的隔閡，央吉照樣微笑著開始她的紮年和踢踏。但眼神下那細密的憂鬱讓她擔心此後跟才桑關係的定位。

一晃又一年過去了，隨著訓練力度的加大，央吉很少再踏入阿匹底朗瑪廳。除非有重大的活動，她才會接受才桑的邀請，參與演出。

此刻，才桑送給她的紮年琴就掛在書桌正上方的牆壁上。旁邊是爸啦為她洗髮的泛黃的小紙片。在這夕陽西下的時刻，在這茂密的胡楊叢林掩映陽臺上，央吉輕輕地取下她的紮年，坐在木椅上，緩緩地撥動指尖的琴弦。陽光灑在她半邊的臉上，再將身旁的黃色卓瑪花整個籠罩。這樣的場景弄得紮年的音質也流瀉出金屬的光芒。

這期間，南京的格央到拉薩來看她。

央吉請了兩天的假，從八廓街到林廓路轉經，再到布達拉宮朝拜！已經成熟的曾經患難過的兩位好姑娘，像親姐妹般躺在一張床上。格央跟她講她離開南京的故事，她跟格央說起自己的變化。興奮起來，她們整宿躺在被子中聊天。

第六章

1

「嗡達瑞度達瑞嗦哈！嗡達瑞度達瑞嗦哈！嗡達瑞度達瑞嗦哈！……」

八廓街的舊房子裡，格桑玉珍一遍遍地念著度母經，才開始再一幅的白度母唐卡的繪製。

畫唐卡是一門嚴謹的藝術形式，不像如今的繪畫作品，可以任憑思緒在畫布上自由馳騁。

就如這經文、焚香就是畫前必須做的；再就是繪畫所需的顏料，皆是各色礦石手工研磨而成。其中顏料的毒性很大，比如石黃、比如藏青和朱砂。以前的宮廷畫師，年紀輕輕就有脫髮、眼疾等各種職業病狀就是這毒性引發的。

又因為唐卡都是取材於佛教，持有一份虔敬心是選擇畫師的基礎要求，並不是說你有天賦就能成為唐卡畫師。這也就要求在繪製過程中不能加入個人的因素，自由發揮。給你的藍本上是什麼就是什麼；能夠在用色和手法上做到更加貼近原作，就是最出色的畫師。

可想而知，這樣的一幅作品少則兩三個月，多則半年或者一兩年才能完成。格桑玉珍的作品能夠達到一種境界，就是她畫度母的眼神。自己的心中充滿慈悲和愛，那麼空行的度母就能在畫布上停留。玉珍堅信她跟白度母這經年的靈性相通。所以每一次的繪畫都是一次虔敬的佛事，她沉浸在其中，感受到活著的自在和充實。

癡情的那若，一下子無法從斯玲央措的故事中走出。一如既往地帶著他的放生羊行走在轉經的道上。桑珠夫婦見到他這個樣子，也只能是默默流淚。曾經龐大的生意，也已經壓縮到只留下八廓街邊的兩個店面。誠心敬佛、拜佛成了兩口子後生最重要的事情。他們也勸說過一年年長大的那若重新選擇位好姑娘，那若除了沉默，沒有一句話可說。

學校的工作對於他這樣一個才子遊刃有餘。剩下的時間，就是從事詩歌寫作。這期間，他的作品都是寫給一個人的，那就是斯玲央措，同時也在詩句中涉入生死輪迴的觀想。特別是他跋涉到了阿里的神山聖湖，岡仁波齊和瑪旁雍措回來後。那一重思考雖然沉重，但也不失是一重真正意義的釋放。比如最新寫就的這首：

〈夢中的塔爾欽〉

一、黃花時節

艱難，那就請您迤邐過婉約的身骨
在阿里的腹地不著神聖，在單薄的光中
將道路拉伸到遙遠的天邊、到暮色漸起
將我睏倦的顱骨捧在掌心
如果您還想吻我，請將您閱世的誓言
掛在塔爾欽冷暖的風中
我定會俯首，路過桑姆的家門
而不回首

二、朝聖一抹雪

終將，有數隻的蝴蝶與雪山同舞
終將有萬頃的林木互古經幡

朝聖一抹雪
我們是群長不大的孩子，我們丟棄四肢
掌管自己的語言，數度將逡巡的目光
定格在神山的峰頂
匍匐的一刻，請允許我想念故去的親人

三、額頂的朱砂

山巒漸離
谷口漸開
我迴旋的姿勢像內地江南的雨
撩起的紗麗，像撩起水中清靈的哈達
那麼，誰將閉目，誰將過往的勞頓鐫刻在石心
誰將像冰湖一樣看不見波瀾

輕輕一觸
額頂的朱砂，定將是我自在的圖騰

四、不見雪蓮

空中交叉的十指，有空行的祈願
分明，前臂簇生的黑羽綻放光芒
卓瑪啦，只一場輪迴便不見雪蓮
不可以回望故土和石橋上的蟻群
這海拔五千八百米的山巒，卓瑪啦
如果不刺瞎雙目，我為何迷戀雲端

五、除了路只剩下路了

那些亡人的髮縷在道邊棲息
那些化為灰燼的白骨往返人間
瓊達的青稞種在空中分散
我路遇的，都是故去的熟悉人

六、岡仁波齊陽光

等待的呼吸是死亡的氣息
疼痛的右膝，依託左膝
岡仁波齊，我們就是群長不大的孩子
我們徜徉在雪裡也是在您光裡

那些道上的場景也是故地的場景
身邊的坎坷也是曾經的磨難
所以您若有靈，請賜予我原初的自在和喜悅
也請將我懺悔的身影立在風中
萬世千年，岡仁波齊，打從塔爾欽開始的路途
怎見終點

注：塔爾欽為神山岡仁波齊腳小的唯一小鎮。

在轉經的路上，那若親見一位印度來的教徒在身旁倒下，而同行的法友卻不見悲傷。之於耆那教、印度教，能夠在岡仁波齊腳下死亡是件喜悅的事情。

「歸家的感受！」轉山路上認識的印度烏代普爾人辛格告訴那若說。

轉山、轉水、轉佛塔，無論怎樣的努力，那若還是感覺到心底那個巨大的空洞，他能夠通過放生羊透徹的眼睛看見斯玲的身影。但這份思念和孤獨似乎並不全在她身上，似乎是要貫穿他一生的事情。所以，憔悴的那若必須尋求一個出口。

跟格桑玉珍的邂逅和相識，緣於她跟斯玲央措很像的模樣，他們又都是從事藝術事業的，跟善良美麗的格桑一起，他能夠獲得短暫的安寧。他需要格桑，但生活中他斷定自己肯定不會跟玉珍走到一起，他們是惺惺相惜的旅伴，可以相互傾訴相互尊重的知己。

2

「真的應該感謝那隻神奇的未曾謀面的怪獸！」將放生羊託付給格桑玉珍，已經回到安多牧場的那若如是想。

如果沒有它，就沒有了之後拉薩城的少年流浪；就邂逅不了斯玲央措阿佳；沒有任何血緣關係的人也就成不了一家；更重要的是他就不能以詩歌的神性詮釋情感和思想。

由於潛心朝佛的緣故，家鄉雖然不見想像中的富有，但爸啦和阿媽啦的氣色卻好得多。

「頓珠次仁阿叔兩年前就去世了，送他的那日，整個天葬台站滿了人。在那神聖的地方，大家不約而同地一首首唱響只屬於他屬於牧場的歌。那一天的禿鷲和雄鷹也出奇的多，大約有三、四百隻，它們帶走了頓珠哪怕一星兒的軀末。孩子，安多草原是有神性的，今天你回來了就是最好的見證。嗡瑪尼唄咪吽！嗡瑪尼唄咪吽！嗡瑪尼唄咪吽！……」

那若極其安靜地聽著爸啦的話，喝下阿媽啦不停為他斟上的酥油茶，站立身子。馬背上的那若一身藏裝，腰上繫著的依舊是爸啦曾經送給他的鑲了綠松石的銀質藏刀；頭頂是阿媽啦幫助梳編的紅色英雄結，打著呼哨向帕那鎮過去盲人頓珠次仁歌唱的山坡奔去。

一路上，風兒在吹，花兒在開。那若仿若回到少年的時光。也只有在這故鄉的草原上他才能真正找回自己，才感覺到真正活著。

曾經他也計畫過，如果跟斯玲一起生活，每年要抽出一半的時間在這牧場度過。不要說這裡的犛牛、羊群，藍天、白雲，就那隻神奇的促使他流浪拉薩的怪獸，也能喚起他足夠的興趣。

「終有一天，我會跟斯玲一起抓住它的。」那若幸福地告訴自己。他可不是為了復仇，就是想跟它見上一面，弄不好還會送它幾隻小羊，然後目送它悠閒地離開牧場。自己的一生被一隻不知道模樣的怪獸改變，想想那若就覺得十分荒唐。

到達頓珠次仁曾經歌唱的高臺，那若抑制不住興奮唱道：

美麗的安多牧場啊！
遍佈珍柔花紫色的憂傷。
聖潔的安多牧場啊！
有白色的犛牛在向我訴說。
我那雲一樣純潔的卓瑪啊！
你是否會願意走近我身旁？

他望見身旁到處都是斯玲央措的身影，她們或站或俯身，或在放牧或在安靜地採摘珍柔花。只是無論那若的歌聲如何響亮，她們好像一句都未曾聽見，認真地做著手頭的事情。

唱著唱著，那若的淚水如決堤的海。

每日放牧、擠奶、製作酥油、青稞酒，那若接過父母親大部分農務，忙得不亦樂乎。晚上則借助月色或者酥油燈光，書寫那些神性的詩句。並將一部分譜上優美的樂曲，送給隔壁牧場的姑娘小夥傳唱。

一時間，失卻了頓珠次仁的草原重又響起久違的牧歌。只是這牧歌的歌詞和曲調總帶有淡淡的憂傷。

被現實生活折磨得無以復加的城市人，一批批如約而至，來到那若的牧場，他們跟他一起高歌，一起放牧。由此，那若望見了安多牧場的重生的希望。

「活著的感覺真好！」酥油燈光中的那若喃喃道。

3

畫畫，給放生羊的褡褳中放上水和食物，讓它獨自去轉經，成了格桑玉珍生活的全部。朋友瓊吉看到她這個樣子，還是建議她要好好調節一下。於是在一個週末，瓊吉電話中告訴她在沖賽康發現了一家正宗的朗瑪傳人的朗瑪廳阿医底。本來格桑玉珍就喜歡民族古典文化，她也是聽著盲人音樂家阿覺郎傑的歌聲長大的。便毫不猶豫地放下手中的作品，步行穿過層層的古城街巷到阿医底的門口跟瓊吉碰了面。

這真是一個醇厚的夜晚，央吉表演的紮年，令格桑的眼前一亮，這古樸而又蒼絕的聲調，卻是從一位姑娘的指尖顫顫流出，格桑玉珍的心，一下子就被震撼了。接下來拉孜踢踏舞讓她有躍躍欲試的衝動。再後來是內地的二胡、揚琴、笛子，在加上紮年和串鈴的合奏。那曲目也是耳熟能詳的曾經朗瑪姬廈的作品；只是其中的一首有著內地江南絲竹的韻味，讓玉珍不得不承認，任何一種藝術，都是可以超越民族、地界的。她到過江南，所以那如詩的採茶場景現在成了雅魯藏布江畔耕種青稞的畫面。

同在一片屋簷下，越來越現代的拉薩城居然還有朗瑪姬度的傳承，還有這樣正宗的藏地音樂。格桑玉珍被深深震撼了。最後表演的鍋莊也是那麼深厚，才桑、旺堆、央吉、桑傑，將右手搭在彼此的肩上，用腳步、腰肢和左手敘說高原上那遙遠的故事，聲調蒼涼鏗鏘。

按捺不住的格桑終於走進舞臺的中央，和瓊吉、才桑他們一道，演繹著蒼遠而又親近的故事。

一曲終了，格桑還未回過神來，她跟瓊吉說，她一定要見見這阿匹底的主人。

當健碩的才桑微笑著出現在她面前的時候，她驚訝於主人的非同一般：五官稜角分明，個頭高大，長髮飄逸，永遠的藏裝、藏靴。典型的一康巴漢子形象。他的聲音渾厚有力，婉轉的時候又能讓人怦然心動。

「這真是一位絕美、英武的男子。」格桑玉珍在心底說。同樣地那個叫央吉的小姑娘的身影，也令格桑揮之不去。看樣子就是二十出頭的年紀，卻能夠將朗瑪藝術演繹到滴水無縫的地步，這可不是一般人能做到的。再就是她眼神中流露出的淡淡憂傷，被從事藝術工作的格桑捕捉的一覽無餘。

格桑玉珍沒有問起朗瑪廳的任何事情，一連聲地說起自己夢幻般的感受，弄得健碩的才桑不好意思起來。打從第一眼見到格桑，他明白她是位不一般的客人。能夠懂得、欣賞正宗藏文化的人如今越來越少。就算有央吉時不時的幫助，但真正說到收入上，也只是屈指可數。客人消費了就放下點錢要上壺青稞酒，不消費，就可以免費坐上一晚，才桑他們也不會有怨言。

他堅信這世界有得必有失，顯然他覺得自己得到的比失去的多。

凌晨的拉薩城，有淡淡的涼風吹來。一縷縷的灰白色雲片是格桑玉珍的最愛；它不像白雲，高原的白雲能白到耀眼，又不像霞光，一種爆裂的美豔。灰色雲孤獨地在天際上飄蕩，不會有幾個人會欣賞它。格桑固執地認為這雲有生命的成分，白而不透、灰而不殤，它們存在的過程，就是人間變幻的過程。

因為這灰色雲的緣故，格桑望見舊城一帶的所有樓房都輪廓分明，靠近西片的連樓頂的經幡都變得清泠，東片的就一坨巍巍的黑影。偶然燈光下一隻黑貓叫了兩聲，格桑友好地衝它笑出聲來。弄得黑貓膽怯地躲到電杆的後面。

「這是一個神奇而又真實的夜晚。」走回工作室的格桑對自己說。

4

聽到才桑和格桑玉珍之間的傳聞，央吉心底有淡淡的失落，卻並沒表露出什麼。她深深懂得就憑才桑健碩的外表和音樂方面的造詣，會有許多女子喜歡上他。同時她也懂得不為自己所欣賞的人，無論多麼美麗才桑也不會動她一根指頭。這是一個追求靈魂和軀體相互統一的優秀男人。央吉雖然不能懂那麼多，但他依舊認為才桑是個負責的好男人，父親一般的好男人。

事實上，因為彼此的賞識，格桑玉珍跟央吉之間也成了好朋友。隔三差五的，央吉也會到格桑在八廓街的老房工作室，坐在一邊癡然地看她一筆一劃出神的樣子。偶爾也幫助格桑將快要熄了的桑煙從新點燃。休息時四目相視一笑，就有心有靈犀般的溫馨和關愛。

無論那若還是格桑玉珍，央吉感覺他們是真正在做藝術的，都是她所尊重的人。所以她沒怪才桑，一如既往地過去阿医底幫助他招徠客人。

反倒是才桑不好意思起來。每次見到央吉，失卻了曾經的從容。但私下裡對她的關心更多了。

短短的時間，他愛上格桑，如果說愛上的是格桑美麗容顏的話，還不如說是藝術的牽引，更確切些。他們都視古典民族文化為一生的追求，無論是音樂、唐卡、歌舞、藏戲，他們作為這一方雪域高原的子民，傳承這些優秀的民間藝術是責無旁貸的事情。最現實的，他們不願看見更多的拉薩朗瑪廳異化成內地甚至國外無厘頭領地；不願見唐卡畫師為了生存的好些一定走當代繪畫的路子。千百年的民族文化光發掘和保護都來不及，哪裡有心思去異化和糟踐它。

格桑玉珍能為找到這樣的知己而喜悅。同樣，等客人散去，靈與肉結合在一起的他們，欣賞的就不單是精神的層面：才桑喜歡格桑在自己身上的感覺，閉緊眼，柔柔的髮絲遮住褪去了半邊的絨紅色小背心。甚至他從來就未曾看見格桑真實的臉。只有在這個時候，格桑玉珍才顯現她魔性的一面。

「這是另外一個層面的藝術。」交融在一起的才桑安靜地想。

其實央吉哪裡知道，她用生命在丈量的登山路，是至高無上的藝術形式。將父親的靈魂帶入高界；望雪峰的白門細微洞開，這只是充實心空的一種理由。用年輕的雙足，視死如歸、矢志不渝地攀行在登山的路上，這就是藝術的最高層次。

作為人類，你沒有能力改變世間種種荒唐的作為，比如繼父對自己的褻瀆，阿媽啦的欺騙，和這一路的酸甜苦辣，與其拿一生來抗爭，不如帶上格央、才桑、玉珍他們給予自己的溫暖，像人類的高峰進發。在行進的途中，你將得到涅槃和重生。確然今天的央吉還不能夠明白這些，可當她再一次沐浴在峰頂的時候，一定會露出喜悅的表情。

一步步地距離人世間的污濁越來越遠。央吉全身心地投入到最後的訓練生活中。卓奧友、珠穆朗瑪、我是您們的孩子，我來的那日，請您以母性的身軀接納我歸回。請在我的眼窩賜予光明的漿液，請記取在遺失在塵世的青色胎痕。重生的那日，我必將感恩！

5

當格桑玉珍提出想帶上放生羊去安多牧場看望在那裡隱居了許久的那若時，得到了才桑和央吉的一致同意。

八月的藏北大草原，草豐畜肥。拋開城市的喧囂，他們像久未歸家的孩子，盡情徜徉在大自然母親的溫柔懷抱。

如今的那若被日頭烤得像灶塘內的土豆。那身攏裹著草沫氣息的藏裝，那頭頂鮮紅的英雄結，那腰間閃亮的鑲有綠松石藏刀，令第一次見到那若的才桑，興奮地吼叫起來。

從一匹健壯的叫澤仁的白馬身上跳下來，那若給予他們每個人一個深深的擁抱。一旁的放生羊也早已認出了自己真正的主人，忽閃著透徹的眼睛等待那若的擁抱呢。

央吉也是高原的兒女，但她生長在海拔較低的八曲河畔。之於眼前的場景，也只是在夢中想見。那若於是請她騎到馬背上，自己牽起韁繩，一行五人邊說邊聊往牧場中心的帳篷走去。

帳篷外有個長長的木柵圍欄，等候在家中的爸啦、阿媽啦趕緊拉開柵門將他們迎入帳內。

噴香的原生態的酥油茶，半風乾的犛牛鮮肉。那若用藏刀切割出小塊遞到每個人手上。在城內斯文的像經不住一陣大風的格桑玉珍可不願錯過這原初的享樂，吃到嘴邊掛上鮮紅的肉末而未知覺，是才桑偷偷地用小指幫她刮了去的。

有酒的地方怎能沒詩，聰慧的格桑央求看看在牧場用竹筆藏紙寫就的詩句。在大家一致的催促下，那若不好意思地從自己的榻下取出一疊詩稿。那詩紙的內裡夾攜紅色的、黃色的花瓣，散發出沉靜的幽香，再加上製作時使用了狼毒花毒汁等，所以無論經過多少年月都不會被蟲蛀變腐。這是那若離開拉薩前從八廓街上一個唯一銷售藏紙的小攤買來的。

格桑玉珍接過詩稿，就著青稞酒力，一首首朗誦開來：

〈那若的春天〉

一、紮西啊紮西

將所有的幕布都纏繞在自己的身上，也深入不到黑啊
從清早到傍晚，從羌塘到八廓街旁
一隊隊地跳躍，像一隻隻斷絕呼吸的魚做後世的圖騰
像瑪旁雍措湖底的魚骨
我將他們一根根地紮入掌心，阿媽啦，如果你感覺不到
心疼，如果我撲食的動作還像個狼崽
那麼，註定在我額心盛開的格桑，血色整個午後蒼茫
如果還有人對我微笑，我將以身骨丈量出自己最後的土地
生還或者死亡

二、達娃啊達娃

糌粑、奶渣，我磨損的手掌能夠捧出的
達娃，我不做那雪山頂端的雄鷹，就日夜守候在你必經的
道；不做這海拔五千的雪蓮，就想將這襤褸的氆氌披你的肩頭
我們回不到過去那牧場的愛戀，在娘熱鄉、在沖賽康
滿面酥油，達娃我願意迎娶你高挑的背影，光著腳，頭頂烈日
在寺廟的餘暉裡，你可曾回眸，可曾淚濕眼角
可曾將白瑪阿哥俊模樣裝心田

三、那若的春天

蟄伏很久了，拉薩河的嫩鷗一次次衝破峰巒；漫天黃沙
苦蕎子播種過後，我端坐在陽光中，跟自己講啊
講小時候阿媽啦將酥油塗抹在我額心，講第一次騎馬，講那隻
叫多吉的藏獒如何保護了羊群甚至銜回阿佳的牧鞭

那若，你長大了，蝴蝶就徜徉在雲端
山谷霧霾深厚，那若是個自由的孩子，他將汲取的第一桶水
舉過頭頂，他將六條琴弦纏在指尖、將流蘇的藏靴輕輕踮起
你少年的憂傷也是現實的惆悵
這個嫩綠的傍晚，花轎的公主打從東方迤邐而來
我們還猶豫什麼，過那曲，走丁青、望芒康……
千里萬里的吐蕃道啊，那若，你可見春天的草綠和邊迴的光

〈空中的拉姆〉

一、等您

我如一位智商沉厚的孩子，望不見起初
在這雪域聖城的邊緣，一些人擊掌、一些人泣歌
試圖，我將自己成熟的哲念跟大家分享
逃之夭夭的內地人，嬉笑著說城內匍匐的朝聖客
罪孽，瞬間凝結千年石板的表層，繼而滲入壁裡

繼而我哽咽著、抽搐著，渾身痙攣
我面對的土地居然不見土壤、面對哭聲居然見不到
淚眼、面對舞步見不到雙踝
如果它們真實存在，我確已失明

二、焦急地，我解開拉姆的胸衣

阿佳啊！別拽開我髒兮兮的小手掌
在牧區、在雪山、在拉姆拉措至深的湖底
我是那只替人贖罪的灰褐色殘角的貝殼，長年累月
阿佳啊！就算有輪迴有再生，也請給我這世的一絲溫暖
請給我至善的母愛，漂泊的久了，阿佳，我期待身邊的
草和蔬菜都長有脹鼓鼓的乳房
期待我侍立的地方都有木床和暖衾
期待你仿照我未曾謀面的母親的樣子，解開胸衣
聽您藏地的謠曲；哪怕睡去了，永不醒來

三、空中的拉姆

拉姆，我們一起將掌心向上，然後以蓮花的端容
告別故土和親人
我們將梵語的妙音賜給有福的土地和良善的子民
將那些持久懷念的感恩人接洽到穹宇
將那些在愛河裡掙扎的明身人，聚集到身邊
請她們一道觀賞有毒的美酒和煙草，在燦爛中酴醾
請他們放下惡咒，將房門和窗櫺開啟
望一眼天際，望一眼那泱泱數載孤寂的月光
拉姆，此刻我們才可以棲身
如果你是空的，為何我在你懷中

讀著讀著，結果將七尺男兒的才桑都聽出了淚水。由此格桑她們知道，在牧場久居的那若並未曾走出他跟斯玲央措的故事。

終於暮色四合，央吉纏著大家到草原上舉行場小型音樂會。

央吉的紮年，才桑的笛子，格桑玉珍的串鈴。皎潔的月光下，首先響起的是頓珠次仁曾經的歌：

美麗的安多牧場啊！
遍佈珍柔花紫色的憂傷。
聖潔的安多牧場啊！
有白色的犛牛在向我訴說。
我那雲一樣純潔的卓瑪啊！
你是否會願意走近我身旁？

接著是琴、笛合奏，伴隨淡淡的青草氣息的風韻，央吉彷彿又回到了八曲河邊的童年。她斜倚在爸啦的羊皮襖裡，聽這遠古的風聲穿透歲月，穿越蒼茫。這次的鍋莊是由才桑起調，他鏗鏘的聲音能夠延綿草原的暮色。爸啦和阿媽啦也適時地加入到這喜悅的隊伍，將右手搭在彼此的肩上，收起左腿，伸展左手……

今晚的草原屬於那若，屬於央吉、才桑和格桑玉珍，也屬於今晚的夜月。

第七章

1

九月，是攀登海拔八千兩百零一米的卓奧友峰的好時節。央吉為此又整整準備了一年。

這是一項高度危險的運動，所以出發到卓奧友西北坡的大本營前，央吉甚至連才桑都沒跟說一聲。當帶隊的旺加教練宣佈因為修路，車子將改線行經羊卓雍措的時候，央吉真是有種幸福的感慨。在拉薩生活四年多了，卻沒有到這聖湖朝拜，作為藏人，真覺遺憾。

央吉乘坐的車玻璃是雙層的，中間夾著條水線，她不懂得這水線有什麼作用，可它們在車子顛簸的時候大幅度跳躍的形態像極了雪山，於是，央吉將手指觸到那最高的水峰頂：「卓奧友，卓奧友。」也只是一瞬的時間，「卓奧友」又歸於一層直線。於是央吉快樂地笑了。因怕身邊的格桑德吉阿佳笑話自己，趕緊將衣領拉到臉上，遮擋了下會被別人認作失態的舉止。

「翻過這座山就能見羊卓雍了。」其實旺加教練的這句話是說給央吉一個人聽的，想想作為高原的子孫誰沒有朝聖過納木措、羊卓雍啊。不過親見的寶石藍的湖面還是讓央吉的心抖動起來。這真是此生見到的最美的湖泊：無風的湖面在藍天的映照下，可不就是塊鑲嵌在高原上的寶石。不生一棵樹木的湖岸襯托出她無不往的神聖。遠處乃欽康桑雪山倒映在湖面，成群的犛牛在有些泛黃的草地上搖響叮咚的過往。

旺加看出央吉的心情，於是要求司機在湖邊一塊平緩的地方休息十分鐘。聰慧的央吉當然也懂得教練的用意。趕緊跳下車奔到湖邊，像虔誠的羊卓雍後世的女兒，長跪不起：「嗡瑪尼唄咪吽！——嗡瑪尼唄咪吽！——嗡瑪尼唄咪吽！——」

這萬古的真言隨風遠頌。

從大本營開始接近六個星期的攀登，不要說路途的艱險，就這一個多月的「茫然」行走，就能令人崩潰。不具良好的心理素質，就做不了挑戰極限的登山運動員。有了去年攀登啟孜峰的經驗，央吉對於卓奧友並不存太多的恐懼。這也是她期待已久的攀登，所以到達大本營的當日，她卸下背囊，如釋重負。

卓奧友距離珠穆朗瑪峰才一百公里的距離，屬世界第六大峰。如果此次攀登成功，那麼登臨珠峰的夢想將不再是夢想。

央吉給格桑玉珍發了個短信，告訴她登山的事情。一段時間的相處她已經視格桑為自己的親人。的確格桑也喜歡這個帶點淡淡憂傷的女孩。如此聰慧且一塵不染的央吉讓她發現了人間度母的形象，許多時候，跟央吉聊天，格桑甚至感覺自慚形穢。「空中的白雲，草原上的格桑花」，用這些比喻央吉的情操都不為過。只是她也不能理解央吉為何熱衷於這高危的登山運動，兩個人的時候，她曾問過她。一如從前，央吉回答她是為了爸啦的靈魂，藝術點說是為了那細微洞開的在等待她的白門。

這個連做藝術的格桑玉珍聽起來都覺得抽象，可央吉的回答又是認真的實在的。所以在畫室中，為了這件事，格桑冥想了好些日子也想不出個所以然。

接到央吉將要攀登卓奧友的短信，格桑玉珍第一時間走進黃昏中的畫室，雙掌合十，兀對還未完成的白度母畫像，虔誠地為央吉的安全祈禱。

雪山的氣候千變萬化，來途的白雲藍天頃刻變化成現在的低雲盤旋。等待和祈禱是唯一能做的事情。躺在帳篷中的央吉確信此次登山的順利，所以看上去最不著急，甚至還哼著那若教給她的草原牧歌呢：

茲格塘措的湖水
像聖潔的奶汁

可哥西里山的山岩
像你頸上的寶石
我倆身邊的小溪
是江河的源頭
我倆牽手的那日
江河匯流在一起

唱著唱著，央吉忽然感覺這曲子情歌的成分多些。想到這些不覺臉又紅了，為怕德吉阿佳看見趕緊將睡袋向頭頂拉了拉。

2

格桑德吉是山南瓊結縣唐布其鄉人，在縣體校讀書時或許因為體格健壯的原因，初中畢業即加入了西藏登山隊。然後結婚生子，如今已經是三十五歲的人了。

對於登山，她並不曾有央吉那樣神聖的想法，就是一項體育運動。隊裡安排到哪裡就是哪裡，哪裡就是她的工作場地，在她的心中攀登珠穆朗瑪跟啟孜峰幾乎不存在區別。

另一重原因就是登山隊的工資、待遇相對於外頭，要高出許多。所以她的工作不侷限於運動員角色，說成是助理教練更確切些。

如果你問她真正的快樂在哪裡？她會微笑著回答你，是七歲的兒子來拉薩的日子。她還會說她的一生都將為兒子巴桑而活著。她要給他最好的教育最富足的生活。在她登山隊的宿舍裡掛滿了巴桑的照片。丈夫是在山南從事教育工作的，格桑只好無奈地將孩子交給他帶。

終於，大本營的天氣好轉，氣象預報這個月卓奧友所在地區的天氣都很不錯。於是大家認真地吃了頓豐盛的早飯開始出發。相對於其他方位，西北坡最利於攀登。有些弧度的山梁走起來如走在平常的山路上。央吉一直走在格桑德吉的後面。也不知出於哪種原因，德吉從央吉一入隊的時候就格外照顧她，是因為都是農村來的嗎？的確格桑德吉的老家也在瓊結河谷上，旁邊有著名的唐波且寺，對面是巍峨的阿布山。作為河谷地帶來的女人大都善良淳樸且能吃苦。要不就是央吉不時透出的憂傷感染了她？德吉可是個外向的人，自怨自艾的形象肯定不能接受。她認知的快樂就快樂到極致，痛苦就痛苦到頂端，她也經常到拉薩的朗瑪廳去喝酒，但絕不會去阿医底那樣對她們來說，有些死氣沉沉的地方去。要不就是央吉那種高雅、乾淨、執著的形象？這肯定是個合適的理由，但並非是全部。究竟什麼原因，連她自己都猜不出。

近十幾天的不停攀登，大家都有種快要虛脫的感覺。回過頭來望望腳下縱橫的雪山，又有種超然的驕傲。億萬年的堆砌，雪和冰川白得能透出藍幽幽的微光，所以央吉認為最純淨的顏色並非是白色，而是這最高海拔的雪山和冰川。橘色隊服、手杖、雪鏡又構成了一個個靈動的雕塑，天空近在咫尺；這種境界，又怎可用孤獨和艱辛來否認它。

順利到達卓奧友峰的時候，大家連興奮連喊叫的力氣都沒有了。短短幾分鐘的時間，央吉能做的就是艱難地取出那張有爸啦幫她洗髮場景的小紙片，在額頂上貼了貼，再一遍遍口誦度母經文。在格桑德吉的催促下，才戀戀不捨地撤離卓奧友峰頂。

帶著些許的興奮，大家回撤的速度快了很多。由於擔心天氣的變化，旺加教練要求大家彼此的距離不要拉得太遠。

很順利地大家撤離到海拔七千五百六十六米的營地，接下來是搭建帳篷，準備晚餐。格桑德吉跟央吉碰了下手掌以示慶祝。

第一次央吉發現月亮就懸在頭頂，是那樣的大那樣的圓。也許這就是登山的意義所在，在雪峰之上能見到別人一生未見的風光。如今啟孜和卓奧友都被踩在了腳下，那麼珠穆朗瑪，不久的將來，我就能夠屹立在你的峰頂。想到這些，央吉幸福地閉緊眼睛！

3

不管多好的心情，在這十幾天的下撤過程中，每位隊員的心還是陡懸著的。要知道這是人類的禁區，雪峰的氣候瞬息萬變。特別是有些地段需要盲降（就是淘空自己的思想，順著登山繩，幾十米幾百米的下行。）

格桑德吉的悲劇就是在此刻發生的。

在由七千五百六十六米的C3營地下撤海拔七千一百四十四米的C2營地途中，央吉前面的格桑德吉大喊了一聲。等大家回過神來，才發覺格桑已經陷入了腳邊距離登山繩大約一米遠的暗冰縫。這種冰縫不仔細根本就察覺不到。只有人踩上去後，才現出它恐怖的巨口。表面是一層厚十幾公分的昨天剛被風捲過來的雪層。下面是影影綽綽藍幽幽的億萬年生成的冰川的紋理。這一刻，央吉才懂得美麗背後潛藏的殺機！問題是，墊後的旺加教練看了一眼格桑下墜的位置，倒吸了一口冷氣：就算能將她拉出來，那條被冰縫卡斷的右腿，也不能讓格桑多活過幾十分鐘。要知道現實的氣溫是零下三十七度，哪怕短暫的停留都能要人的命，何況是在發現格桑墜落到現在短短幾分鐘的時間，她右腿的血色已經變紫。一些隊員紛紛脫離繩索，向格桑德吉靠近。

「別費力了，留點力氣趕緊下撤。否則你們都將死在這兒！」旺加教練的聲音很小，但準備營救的隊員還是能感受到教練話中的分量。他們都是經過培訓多年的老隊員，平時對於險情、傷情的判斷，讓他們確信，格桑目前的狀況只有死路一條。

絕望中的央吉顧不了這些，還是努力一寸寸向格桑阿佳靠近。終於，當她的手跟德吉的勾在一起的時候，使勁力氣叫道：「阿佳，加油啊！你不會死的，我能救你出來。快拉住我的手，快啊！」

「普姆，謝謝您！沒用的，看看我的腿，出來了也活不了，你快些走吧，看樣子好像旋風要來了，那時候大家都走不了了。嗡瑪尼唄咪吽！嗡瑪尼唄咪吽！……」

之後無論央吉怎樣使勁拉扯格桑德吉，都不見一絲的鬆動。最終，格桑鬆脫了央吉的手，緊閉眼睛，等待最後時刻的到來。

央吉回身望望頭頂的隊員，包括旺加一個個眼含熱淚跪倒在雪地上合十雙掌，在跟格桑德吉做最後的告別！

在大家的幫助下，重新回到隊伍中的央吉，不再敢回望一眼最後的阿佳。

果然如格桑德吉所料，峰端最可怕的旋風瞬息刮來。依舊在唱響經文的格桑德吉，最終被旋風攜裹的雪團無情吞噬！

當大家終於到達六千一百四十八米的C1營地時，相對安全了許多。宿營的時候，央吉強迫自己吃了些食物。可淚水還是不經意地流淌。當初在啟孜峰如果不是阿佳德吉的幫助，她也就永遠殉葬在那白皚的雪叢。可是當阿佳身臨險境的時候，自己卻無力拯救，眼見她在面前死亡。

作為一名登山隊員，尤其是央吉，深深懂得自己未來可能的去向，但當這場景真正出現在眼前時，還是讓自己痛傷不已。

在大自然中，生命是脆弱的，災難也無時不環侍在你左右，這個只有二十三歲的央吉深深懂得。也因此她選擇了高危的登山生涯；在這一處處的生命禁區，你才能夠有充足的時間和空間思考生存的意義。紅塵中的愛恨得失變得並不重要，重要的是要珍惜現實生活中的每一步、每一寸。在蒼茫的行進中，死亡會愈發清晰。那麼在歸去的日子你將會從容。

顯然，央吉的思考有些沉重。格桑阿佳的遠去，非但沒有動搖她、改變她，卻堅定了她日後攀登珠穆朗瑪的決心。

「人為死而生！」年輕的央吉不完全明白這突來想法的真實內涵，但她願意為此而付出。失去格桑阿佳的護佑，她將更加珍惜日後的時光；珍惜拉薩城內每一縷的月色和花香！

4

格桑德吉阿佳在世的時候，央吉日常食用的糌粑和酥油基本上都是她打山南帶回送給她的。而今市場上購買的怎麼也不見曾經的味道。簡單吃了幾口，央吉就將木碗推到一邊，拿上兩天未洗的衣物，騎上自行車向拉薩河方向駛去。

央吉有個習慣，就是不喜用洗衣機。無論多忙，她享受手指跟衣物相觸的快感。再加上拉薩河的雪山融水，好像洗出的衣服也有了靈性。

午後的陽光灼人，央吉戴了頂長簷帽，就連大群的紅嘴鷗都躲了起來，於是央吉匆匆地將腳探入水中，在滿布鵝卵石的河床上哼起那若教她的牧歌，淚水還是在恣意流淌。

把洗好的衣服晾曬在岸邊，央吉開始築起她心中瑪尼堆。大些的石頭作為基座，小些的碼到上邊，一圈圈，兩個小時過去，氣喘吁吁的央吉已經在河水中淨了手，然後跪向大昭寺的方向，為故去的格桑德吉阿佳祈禱！這時候，央吉分明望見大群的紅嘴鷗又飛了回來，在瑪尼堆的上方盤旋，唱響蒼茫的歌謠；央吉還望見睡醒了的德吉阿佳正兀立在拉薩河對岸，在為兒子小巴桑洗著短短的頭髮。

回去的路上，央吉故意路過八廓街，去看望很久未見的格桑玉珍。

剛巧，在這夕照的時分，整個八廓街都沐浴在一片祥和的光中。雖然滿街都是熙熙攘攘的轉經人，可央吉並不感覺到擁擠和喧囂。這誦經的聲音、轉經筒發出的吱吱聲、磕長頭的朝聖者將護掌的木墊清脆地拍到石板上的聲音，結合這光，匯合成一組組流動的殊勝的雕像。令人感覺不到置身的是今生還是在往世？

此刻的格桑玉珍也沐浴在這光裡，今天她將髮絲隨意挽起，坐在畫室隔壁的小房間，用古法在淘碾礦物質顏料。碩大的石錘長長的木柄被吊到房頂，玉珍有節奏地在碾壓成小塊的朱砂。橘色的陽光，映照在紅色的朱砂和格桑玉珍汗津的臉上，是那麼的自然、祥和。靠在門框上的央吉看得呆了，她想，這時的格桑玉珍才是最美最靚的。她真不忍心打擾到她。

不巧，玉珍早已經知道央吉的存在。就毫不客氣地指了指近旁有青色礦石的石臼，請她幫忙。於是央吉也沐浴在這光河，石錘跟彩色的礦石碾壓時發出的吱吱聲，伴隨一對姐妹的微笑，永遠定格在拉薩午後的時空。

休息的時候，玉珍請街前甜茶館的卓瑪送了壺滾燙的甜茶進來。她和央吉相對著坐在簡易的氆氌矮凳上。她去攀登卓奧友峰一路上的事情，玉珍早已知曉。於是象徵性地舉起茶杯跟央吉觸碰了一下：

「祝賀您普姆，登頂成功！」

央吉沒有言語，當將杯子擱至乾裂的還未完全恢復的唇沿時，淚水還是不爭氣地流淌。

格桑玉珍連忙騰出手來幫她擦拭了一下：

「央吉啊！拉薩城那麼大，沒有你喜悅的地方，卓奧友那麼大沒有格桑德吉生存的地方。阿佳建議您去趟安多的牧場。那若的白馬澤仁或許能讓您擺脫悲傷重生希望。」

5

茲格塘措的湖水
像聖潔的奶汁
可哥西里山的山岩
像你頸上的寶石
我倆身邊的小溪
是江河的源頭
我倆牽手的那日
江河匯流在一起

這些日子，無論是痛苦和艱險，央吉都是唱著那若教給她的草原牧歌度過的。不知為什麼，她對那若有種天然的親近和好感。這感覺不同於跟爸啦和才桑那種親人間才有的關係。

接到格桑玉珍的電話，那若便跟阿媽啦一起幫助即將到來的央吉準備被褥。時間久了，那若已經習慣了牧場的生活，爸啦虔心敬佛！把二十七隻犛牛和四十隻羊都交給那若管理，還真有點累。別的不說，就這給犛牛和羊兒擠奶的事情阿媽啦一個人就顧不來。

距牧場很遠，央吉就聽見那若騎在馬背上的歌聲：

茲格塘措的湖水
像聖潔的奶汁
可哥西里山的山岩
像你頸上的寶石……

歌還沒聽完，那若和澤仁就出現在面前。無需言語，央吉在那若的幫助下蹬上馬背，像風兒一般，那若丟開韁繩故意讓澤仁隨意奔跑，嚇得央吉無奈地將手指緊緊扣在那若的腰際。

回到夕色下的牧場帳篷，阿媽啦正在給犛牛擠奶，跳下馬背，央吉趕緊走過去幫忙。原來，在巴塘的老家，央吉家也養了兩頭犛牛，不管是不是牧民，每家都要有的。否則怎麼才能喝到正宗的酥油茶呢？於是這擠奶的工作就一直由央吉來做。

再一次用手心握住犛牛漲鼓的乳，在上、下，鬆、弛的過程中，溫熱的奶水噴濺而出，央吉有種無法說出的自在和喜悅。

開始還有些懷疑的阿媽啦，看到這樣嫻熟的手法，放心地笑了。自己則提上奶桶向另外一頭犛牛走去。

天漸漸晚了，那若跟央吉打了聲招呼，就再次躍上馬背收牧去了。

之前玉珍的電話中有所交代，火爐邊就著酥油茶在吃著油炸土豆片的那若隻字未提卓奧友的事情。央吉也走得累了，躺到羊毛手編被褥上，很快就睡熟了。

惺忪醒來的時候，陽光灑在火爐上方的煙縷上，飄飄渺渺，那虛幻而又真實的景象讓央吉開始貪戀被窩的溫暖。

洗好臉，阿媽啦已經端上滾燙的酥油茶。

「那若呢？」還未開口，爸啦就猜出她的心思。帶著她到帳篷外一看，一隻黑色的已經備好鞍蹬，看起來溫馴的母馬就在自己眼前。隨後爸啦指了指西北角的方向。

央吉跟爸啦和阿媽啦道了謝，飛身上馬（昨天的草原，那若教了她騎馬的要領），行不出兩公里的草地，在一處平緩的山頂望見坡下的河谷邊的那若，指尖捏著枚淡紅色的上面有朵白蓮圖案的九眼石；止坐在一塊巨石上出神。

央吉下了馬偷偷地迂了過去，才發現那若膝上帶有黃色花瓣的藏紙和有些老舊的竹筆。藏紙上，是一首墨跡未乾的詩句，還未等央吉俯身，那若就將詩紙遞到她的手裡：

〈希瓦的眼淚〉

——謹以此詩獻給悲傷中的無助的央吉！你的希望在自己身上

一

張開口，我以快活的身段在孔雀河波瀾裡自由呼吸
甚至，希瓦你能在雪山的頂端捕捉我髮絲的細柔
捕捉到我受傷的右膝，露出的森森白骨

這些都不算什麼
迦摩的神箭，箭箭穿心
這些朱砂一樣的血被我用枯掌塗抹在自身每一寸肌膚
在恆河的入海口
希瓦，你依舊冷冷的站立在岡仁波且白雪的封頂
目視我殉葬，目視我在印度洋的波心永久沉沒

二

為何，每座神廟都刻有你我的圖騰
為何，我復活的那日，你空置萬隻的神鹿在瑪旁雍措
為何，鬼湖拉昂措含情脈脈
為何，袂袂的沙麗你不為之共舞，像一塊磐石，希瓦
這穿越肉體穿越時空，甚至穿越宗教的言語不能
將你打動

三

要不希瓦，我就做你的情人，或者孩子
每天我為你梳洗，為你唱響神曲；跪在你膝下頂禮
我恆生的父王
希瓦，我將最後的淚滴凝結成寶鑽，鑲嵌在你的額頂
那樣，你不用俯身，不用趨步，就有一縷細緻的光環
讓你在高寒的岡底斯山飽嘗光明和溫暖

四

終將，希瓦你會以神鹿的白唇觸扶我空洞的眼窩
會用七彩的雀羽再次裝飾我即將腐朽的骸骨
會用藍汁的目光仔細撥尋我支離的胎痕
希瓦，這世界有無數位跟我一樣癡情的姑娘
我們手牽手在眾生中覓您

在死亡之前，我們善待本身，用最廉價的寶石妝飾
頸項，我們趟過的河流無以計數
我們相信神靈相信愛甚於相信自己

終將，希瓦，你是個長不大的孩子
在高原，在恆河，在神廟，我們放棄了最後的索取
開始，我們膜拜我們
在迦摩隱身的石窟，我們煮食、洗衣，用美麗的沙麗
渲染玉體

我們是眾神之母
希瓦，再一次的重生，請你親手將聖潔的朱砂塗抹在
我們厲世的髮髻
古舊的玫瑰之光乍現的夜晚
希瓦我們沒有淚滴，我們只對自己膜拜

注：希瓦為印度創造與毀滅之神濕婆的英譯。通常以琳迦，即男根相現世。迦摩為印度愛之神。

讀到這樣灼心的詩句，央吉痛快地哭出聲來，終於她的悲傷在安多牧場有了個出口：

我們是眾神之母
希瓦，再一次的重生，請你親手將聖潔的朱砂塗抹在
我們厲世的髮髻
古舊的玫瑰之光乍現的夜晚
希瓦我們沒有淚滴，我們只對自己膜拜

央吉感覺自己快要冰存的血液重新復甦；看見腳邊紫色針柔花開始在微風中搖曳；看見遠處一隻隻俊美的小鹿在向她和那若親暱地走來。

「謝謝您！那若啦，復活的央吉還將重新向您走來。只是那雪，巍峨的珠穆朗瑪的雪將把我照映。」

「等您，央吉，在拉薩舊城的輪廓，在安多真實的過往。雪落的那刻，我會在您身旁。」

第八章

1

接到五十三歲的桑珠爸啦去世的噩耗，那若還是被驚得目瞪口呆。

要知道這是在斯玲央措阿佳走後才兩年多些的時間。剛剛平靜下來的那若別無選擇，帶上他那隻放生羊連夜趕回拉薩的家中。

欲哭無淚、欲悲還殤，那若必須經受這慘無的折磨，反過來安慰照顧一夜白髮的阿媽啦。

「爸啦是因為思念央措，發病卻拒絕治療才走的啊！」聽到阿媽啦泣血的哭訴，那若能夠想像到悲劇的緣由。也只能在酥油燈下懺悔，當初不應該獨自回到安多牧場，讓兩位老人承受生離死別的痛苦。

形式上是繼父，但在那若的心底，早已經視同桑珠為親生父親。從十三歲時的拉薩城流浪，到如今的長大成人，桑珠亦視那若為己出。在一些生活細節上，那若跟斯玲產生矛盾桑珠總會有偏袒那若的傾向。這一切那若深有感觸。

七七四十九天的法事，央吉、格桑玉珍、才桑，停下手上所有的工作始終陪護在那若身邊。

他們在為那若的悲傷感同身受的同時，也在思考這無常世事。特別是央吉，才失去格桑德吉阿佳；剛剛得到那若在安多的撫慰，如今面臨的是再一場死亡。讓人痛惜的是，她連德吉阿佳一塊骨骸能未能帶回，只能眼睜睜地看著她在風雪中消失。

天葬台前，那若已沒有淚水，空中那一隻隻碩大的禿鷲、蒼鷹和黑羽的烏鴉帶著爸啦鮮紅的肉身，在空中盤旋，而後飛離到近處的崖端，吞食後再次飛返。

那若分明望見，爸啦在空中的面容是安詳的，望見厲過中陰的他開始有了嬰孩的模樣，嚮往生的家門飄去；那若還望見門內是大片大片蒼翠的牧場，也是孩子模樣的斯玲阿佳、盲人頓珠，還有剛剛過世的格桑德吉都在牧場裡手捧哈達等待桑珠爸啦的到來。

終於，那若笑了，甚至發出聲來。

一旁的央吉，看到那若這刻的表情，用力地搖了搖他似乎僵硬的臂膀。

那若一動不動，保持仰望的姿勢：央吉這才看見那若笑過之後，睛中積蓄的淚水，順著臉頰像小河般恣意滑落。

一場場的生離死別，讓兩個人的心逐漸靠近。

他們一起照料那隻懂事的放生羊，一起在轉經道上無始無終地行走。於是央吉認為自己亦是幸福的，在今生的道上，有那若相伴，她將會更加珍惜這世間的一切，將會更加踏實地繼續她海拔最高的攀登。

格桑玉珍和才桑看到這樣的結果，也放下心來。才桑重新開始認真打理他的阿医底朗瑪廳；玉珍繼續她的白度母唐卡。

旺堆和桑傑也未曾遠離：旺堆從藏大藝術學院帶了兩位研究生拉姆和卓嘎加入到他們的行列。於是一度蕭條的阿医底，又重新煥發了活力。逐漸地才桑擁有更多的富裕時間到藏區各地發掘遺失在民間的藏文化精髓，經過記錄、再加工、整理。一幕幕即將失傳的民間藝術重新呈現在拉薩舊城的舞臺上。

2

距離藏曆十月十五日的白來日追節（也稱吉祥天母）還有十幾天的時間呢，昨晚那若就打來電話，說想去拉薩河對面的次角林寺去朝拜。

知道那若想到外面走走，無論是做什麼，央吉都是喜悅的，她一直在擔心，在經歷這樣一場場的人生打擊，他還能不能站得起來？

這時節，拉薩的天空才真正變得一塵未染。就連城南河床上紅嘴鷗的羽毛，也似乎比以往潔白了許多。河岸上的紅柳，泛出淡淡的黃意。只有河口處的經幡，經歷了一年的風霜雪雨，變得陳舊不堪；一陣勁風吹過，「呼啦啦」的經幡發出的聲音，即是亙古的頌歌，飄向天宇。

約好到次角林村口會面的央吉，也被這陣勁風吹得站立不住身子，下了車，用孔雀藍的披巾將面孔遮擋起來。

跟央吉她們一樣，那若騎著他那輛山地車出現在村口。遠遠地就跟央吉搖手打著招呼。

通往次角林寺的是條碎石路，於是他們只好推車前行。央吉不會好奇地問那若，為何不在節日到來時才來朝拜，而選擇這不前不後的日子？在心底，她懂得那若做任何一件事情都有它的意義，或是一份祈禱，或是一種祝福，再或是一些細節上的撫慰，反正央吉相信他，敬重他。

那若當然也知道央吉此刻的想法，十三歲那年的八廓街流浪，跟斯玲央措阿佳邂逅的日子就是這即將到來的白來日追：

「普（男孩），你從哪裡來，肚子餓嗎？這裡不冷嗎？」

「我不是『普』，我已經長大了，我不冷也不餓。」

「吘，這是油炸果子，剛出鍋的。明天就是班丹拉姆節了，敬奉仙女用的。阿媽啦說，這是我們藏族的情人節，在第一縷陽光灑在大昭寺的時候見到女神，女人就會變得一世幸福、一世美麗。」

憶起這曾經的溫馨對話，那若彷彿又回到曾經跟斯玲央措相識相知的日子。

所以今天邀央吉到這個帶有美麗傳說的場地中來，主要還是為他們即將或者已經產生的真愛祈福！

「松贊干布法王在建成大昭寺後，請來印度的神靈班丹拉姆女神作為護佑拉薩城的保護神，拉姆的女兒白巴東則愛上了大昭寺內佛陀的戰神赤尊贊。班丹拉姆一氣之下將戰神趕至如今的拉薩河對面的次角林。一年只准他跟白巴東則見上一面。這個猶如內地牛郎織女的傳說，亦被當成了拉薩的情人節，期盼美麗、祈福愛情的人，誰會錯過這傳說中的一天呢。」

在這晴好的一日，央吉始終是幸福著的，她跟那若一起在次角林寺為赤尊贊神像敬獻了哈達和芬鬱的金黃色鮮花。然後他們將車了停靠在寺角，一起攀登近處的山巒。

秋色中的狼毒花火紅一遍，深可及膝的牧草，似乎能夠遮擋住黑犛牛的身影。深邃的天空不見一方雲片。蜿蜒的拉薩河像一條條藍色調的哈達，護佑在拉薩城的周邊。白牆金頂的大昭寺在萬城的中心閃爍出淡然的佛光！

在拉薩生活經年的兩個人，都是第一次見到這別樣的城市。他們手牽著手向著大昭寺的方向跪俯下塵軀，一遍遍地：「嗡瑪尼唄咪吽！嗡瑪尼唄咪吽！」隨身旁厲世的風，響遍整個空谷。

3

逃離拉薩又重回拉薩：「這可真叫荒唐。」那若想起央吉時常掛在嘴邊的話，苦笑無聲。

桑珠爸啦過世後，阿媽啦一夜蒼老，除了虔心禮佛，不再參與任何家事。那麼八廓街邊的兩處店鋪只有那若來打理。因為從事的是邊貿生意，那若有機會像曾經的斯玲阿佳那樣出國到尼泊爾、印度等地。

或許他行走過的，也是阿佳走過的。於是，在加德滿都的杜巴舊宮的高高臺階上，那若一坐就是幾個小時。他想像斯玲央措阿佳雙手托腮，沐浴在這喜馬拉雅南坡燦然的陽光中，孤單的思念自己神情；想像阿佳在費瓦湖畔的音像店為他購買的南亞民樂碟片；想像在博克拉四天四夜的徒步旅程中，她沉醉在不同於西藏的雪山光影中，幻想他（她）們未來的幸福。

而今，斯人已逝，那若能做的就是在這異域的風情、時光中將自己放空。

〈天邊的尼泊爾〉

一、夢緣雪山

這會是場隆重的禮遇還是折磨
海拔最高的雪山，終年在自己目光所及的
綠樹間隙，若隱若現
就像拉薩舊城的阿佳，在八廓街心
向我哼起亙古的謠曲
那麼，誰會將雙手深深地扣入滄桑的髮際
誰會抖開滿懷的青稞，向著珠峰
閉緊雙睛

二、加德滿都的舊時光

都是一些熟悉的陌生人
那些雜亂的，卻並不生疏的影子

被無處不在的鳥羽，梳洗乾淨
這裡遠離家園
恰似家園的舊時光
讓清晨醒來的我；擦拭鏡面、拉啟窗簾
給陽臺上的聖誕花澆澆水
跟樓下迤身而過的斯玲央措抿嘴一笑

三、陽光香

特別是午後，陽光會以陽光的姿勢嵌入裡層
就像大片的金屬嵌入到靜謐的宮雕

我感恩一些人
我回轉的樣子，像路過的雪峰那樣親切
甚至，我擁抱的姿勢；竟然像個貪嘴的男孩
滿口陽光香

四、天邊的尼泊爾

紛擾的，並列的，裡層外層的
被一些叫秩序的小傢伙，常摟懷中

那麼，我們將一起放逐日子
一起呼吸，一起擠在母親安全的乳旁
想像少年的雪雁和蒼茫

那段顛簸的卻很舒適的泰美爾街道
那片滿是瓦礫的卻總有人棲身的帕坦舊宮
那句陌生的卻藏著微笑的「納瑪斯特」
讓我在平緩的狀態，蹣跚著復活

輕輕地，我栓緊阿媽最初的民歌
在天邊，向著珠峰另一側的廟宇
用額心的朱砂，清晰愛

問題是那愛還能不能清晰？那若比滿掌心的春天種子都無奈。他給予斯玲的愛已經超出了時空國界，但究竟在哪裡？他的確無處可尋，無處觸摸。

確切地說，那若不認為自己現在是個商人，他是奔著斯玲的腳印而來。學校的工作他早已經辭了，不是不喜歡，而是認為自己的狀態不適合教書育人。當然，將來心緒平靜下來之後，重返學校是他願意的。那麼如果將他的身分定位為詩人，這是那若樂見的，為詩經年，他認為他已經跟詩歌融合到一起；如果說連血液中都流淌著潺潺的詩句，一點都不為過。雪山、舊城、牧場、金頂寺廟，是生他養他的地方，也構築了他詩歌的魂靈和衣體。他用詩句感恩高原，感恩曾經和現在的痛傷和孤單。像一位用筆孤旅天涯的遊子，如果這還不是詩人，那詩人和詩歌究竟會是什麼樣子？

佛祖誕生地藍毗尼是他尼泊爾行的最後一站。

菩提、蓮花、滿城的香火，整整一週的時間，那若將自己完全放空在這神聖的空域。暫忘故地的憂傷，想像那步步生蓮的悉達多小王子如何走過這人世間的河。

4

「我在等您歸來！」在拉薩的央吉給那若發了這樣的短信。她知道他是第一次出國，她也懂得他現實裡的心情，更多的是她對於他的綿綿牽掛。兩個靈犀相通的人靠近在一起，就是彼此無聲的相思。那若並不否認這點，他也清楚過多地沉浸在往事中，受到更多傷害的是身邊的央吉。

而事實上央吉並未有那樣的想法。感知那若對斯玲阿佳難以忘懷的深情，她認為自己是幸運的。這樣恰恰說明了那若不是那種隨意移情別戀的男人，如果有擔心就是擔心他經歷這些打擊會影響到身體。無論是教學還是做生意，她就是希望那若除了詩歌還有事情可做。或許這能減輕他的痛楚和思戀。

他們彼此互相尊重，所以時至今日並沒有肌體上的接觸。但心是早已貼近的，央吉的一個小小動作，那若就知道她需要什麼，想做什麼。而從沒認真接觸過詩歌的央吉，對於那若的每一篇文字都能夠解讀，並且引發無盡的思考。這一點讓那若也始料未及，於是就天真地想，詩歌是通靈的，寫它的人要有天賦，讀她的人也需要有靈性。這跟讀者的學歷和所處的環境好像不存太直接的關係。

你寫給某人的詩歌，這個人不光能接受還能深入其中的意境，那這個人不是知己又會是什麼？

一路上，每想到以上的結論，那若總會幸福地笑。

接下來，那若取道去了印度瓦拉納西的恆河畔，這座具有六千年疊加歷史的古城，讓他留連忘返。這裡完全不同於西藏的喪葬習慣；清晨祈福的河燈，夜間隆重的法事；滿街的神牛，讓那若沉醉在不同文化帶給他現實的衝擊和超乎理性的判斷。

阿格拉，沉默的泰姬陵一度讓那若無從言語。

詩人泰戈爾說的最為確切：「泰姬陵，是印度的一顆淚滴。」

跟隨夫君南征北戰的泰姬在去世前希望一代帝王沙賈汗能滿足她兩個願望：一個是請他以後不要再娶。二是為她建造世界最大最精美的陵墓。無疑，癡情的沙賈汗動用了當時印度莫臥兒王朝五年的國力，打造了這顆精美的淚滴。

或許是因為這個超然的、沉靜的故事，作為詩人的那若印度行居然沒留下一句詩行，回到高原故里數月後才在拉薩河冬日的蒼茫中寫下這首〈慕塔芝・瑪哈〉：

題釋：沙賈汗給泰姬的封號，意為思念皇后

一

瑪哈，步入印度，步入瓦拉納西的第一天
我不懂得慕塔芝，不懂得思念
清晨清冷，我將右手劃入恆河的波心
想撈起一把餘熱的骨灰，想看一眼最後或者叫最初的靈魂
想跟故去多年的自己說說話
就是不懂得想你，不懂得天堂裡有水，水裡有魚骨
魚骨中有你清晰的影子
不懂得

二

瑪哈，在迦耶，我將一地的塵土吸進肺中，並且還跪下身子
將半顆頭顱埋在樹叢
引來萬隻的蟲子，那被嗜啃的感覺，讓晝夜顛倒
世界顛倒

我看見，不會瑜伽的朝拜人，將雙腳舉過頭頂
看見金色的、黑色的、褐色的頭髮在泥土裡糾結
看見似乎透明的菩提葉，並不透明
所以，總是在有人的時候，我推開浴室的窗，霧氣散去的瞬間
那些緊閉的眼睛，在對我微笑

三

瑪哈，第一夜在德里，我將手杖削剝成馬鞭的形狀
將一些圓形的器皿倒扣在頭頂，跟牆壁上自己的影子整夜廝殺
將滿瓶的紅酒撒潑在地板

喘息的過程，你才會走來
才會將你的骨骸，落我的掌心，才會撥開黑土、麥叢，撥開時間
跟我說話

四

瑪哈，阿格拉是一座空城
我喉管裡吐出的每一句聲音都飛濺血沫
每一縷視線都斷損眼窩，每一個腳印都將陷落

多少年了，瑪哈，我給自己戴上枷鎖、鐐銬，囚禁在古堡
這樣，你就不再會給愛吵醒
不會是一顆沉睡的淚滴

瑪哈，我答應過給你世間最美的陵墓
這鑲嵌的萬顆寶石，是我不眠的眼睛，這百丈的白石是我的懷抱
這黑色的經文，是我念你的言語

我也必須囚禁在你心裡
死亡凝固在我心裡

第九章

1

「如果十萬顆露珠是十萬的空行母在今晨的現身。那麼其中的一顆可有我塵世的身影？」

這突然萌發的一句話，讓央吉憂傷許久的心情真正釋然開來。

「我是誰，我來自哪裡，我將往何處？」這樣的問題之於央吉現在的年齡是個負擔。但若說凡塵生活中的自己有過空行的概念，央吉肯定是願意接受的。「我便只是我，我來過，行走過、攀登過。」

一晃又一年過去了。這日是藏曆六月四日的珠巴次喜節，即通常所說的轉山節。自早晨六時出發的央吉，望見曦輝中青稞葉片上淡淡的微光，於是想。

「在創作詩歌的那若是否也是這種狀態？這帶有神性的語言和遐思是否就是詩歌？」想到這裡，央吉索性俯下身子，用手掌逐個觸扶了遍近旁的露珠。那份浸入掌心沁入心田的清涼，讓自己緊閉雙眼，望見數隻的蝴蝶般的空行母，正睡眼惺忪地翕動在周圍，開始牽起她的衣角，請她一起飛翔。

這真是份奇異的而又實在的感受。在一路桑煙的氤氳中，央吉美麗地想。

這次轉山，當然是一個人的行程。不過，央吉還是憶起曾經在轉乃瓊寺後面的根培烏孜時邂逅才桑的場景。「那一路和那之後，他疼著我呵護過我。」央吉給她和才桑的關係如此定位。這樣想來，她或許還欠著才桑些什麼？究竟是什麼，一下子也想不出來。

成功登頂過啟孜、卓奧友峰的人還要衝刺珠穆朗瑪？同樣這也是個偽問題。央吉不願想這些似乎是不切實際的事情。

現在她能夠真實感應到的是，此時的那若正行走在拉薩城的轉經路上，身後跟著那隻越來越懂事的放生羊。算算時間，他現在已經走到拉薩河畔的甲瑪林卡了。

昨晚，她靠在那若的胸前，聽他講藍毗尼，泰姬陵的故事。特別是他說到在一個月夜他置身泰姬陵的場景：若夢卻又真實的小樹菩提，淡淡的月輝，露珠隱蘊的白色陵墓，一個靜靜躺了數百年的美豔愛情。那一刻，央吉的眼角被濕潤了，她不敢抬頭看月輝中那若的面龐。

再後來，那若輕輕地將熟睡了的她抱到她的床上。幫她蓋上被子，在夜半回到自己在八廓街上的老房子。

醒來之後的央吉，同樣被這真誠醇厚的小幸福感染著包裹著，她需要將這片段酵存，讓幸福一點點地冒出小腦袋。於是選擇了今天的獨自轉山。

要到曲桑日追的時候，時已近中午。尼姑們在路邊搭了帳篷誦經聲聲，央吉跟著人群走過去，在尼姑們的絨紅袈裟上放了兩元的紙幣，歲長的尼姑舉起老銅的壺，倒了點淨水在央吉的掌心。於是央吉虔誠地念上真言，閉緊眼睛，噬了口，然後將剩下的淨水輕拍到額頭上、髮絲裡。

作為職業登山人的央吉還是對後面的山路有畏懼心理。這哪裡是路啊！大家就是從山土上、岩壁邊一個個滑脫下來。可千百年來的轉山路，有多少個先祖的身影。於是大家相互攙扶著鼓勵著唱著經文艱難行過。但慘烈的一幕還是在瞬間發生：一位看上去只有十五六歲的男孩，就從央吉前面的懸崖上失足墜落下來。紛擁而上的人群讓央吉插不上手腳，眼見著男孩低垂下頭被眾人背下山。

這一幕讓央吉呼吸急促起來，眼前出現那次在登根培烏孜，被抬下山去的紮西的身影，那若跟她講起的轉岡仁波齊時，身邊躺倒的印度朝聖客的身影。

當然這只是短短的一瞬，也是每年轉經路上的一個故事。

「那一世，我轉山、轉水、轉佛塔，不為修來世，只為途中能與您相見。」這突然而至的倉央嘉措的詩句，讓央吉有了不同解讀：是與誰相見，不就是心壁上的另一個自己嗎？那個相對安靜的、透明的，不被世俗污濁的人。

反過來，她跟那若的愛情何嘗又不是這樣！

2

上午，終於等到了那若裝裱好了的菩提葉。靜靜地聽他的介紹，央吉彷彿自身也到了印度的菩提迦耶。

那一日，那若如常般端坐在佛成道的那株千多年樹齡的菩提樹下，一片厚實小巧的泛出淡淡黃光的菩提葉，悠然地墜落在自己的額頂然後是胸口。

「可真是神奇啊！」要知道有多少的佛家弟子，常年在這樹下仰目期待也難得到聖地的一絲物證。於是，那若取出那條黃絹的哈達，細細地將那葉包在裡面，輾轉帶回拉薩。

更令人感到神奇的是，隨身帶回的其他樹上的十幾片菩提葉，在不到半年的時間皆染上了黴斑隨後腐爛。只有這枚，不光未腐，居然一直散發出淡淡的聖香。

詩人那若連裝裱都做的煞費苦心。他要求師傅將葉片排成「S」狀，底板用顏色較淺的帶有黃顏色花瓣的藏紙；再飾以細微的金邊，一眼望上去，似乎是片靈動的菩提。

央吉懂得這葉片的意義，就將她貼近額頭，一遍遍地頌響六字的真言。

接下來的一個上午，那若幫助央吉一起打理房間，從臥室到陽臺再到廚房，那若的神情看上去是在弄自己的屋子。做完這些後，他們才下到宿舍周圍的草地、牆角，採摘一些似開的各色小野花，插回到那若從尼泊爾帶回的陶製花盆中。

「央吉，還是讓我來做頓咖哩飯吧，再加個漢式炒菜。」望著繫上圍裙準備到小廚房忙碌的央吉，那若道。

「嗯，就等著你這句呢。在拉薩，我就喜歡到尼泊爾人開的餐館坐坐，享受他們的咖哩飯和瑪莎拉提。」

「是啊，這些餐、飲主要是加入了一種香料，香料的名字就叫瑪莎拉，別說它還真像是印度、尼泊爾人的性格，內斂卻又熱烈，看看她們的紗麗：飄然的、半掩的，卻又層層疊加的。」

說著，那若神奇地從紙袋中取出一套薄薄的紗麗。

問題是朱砂紅伴以檸檬青黃的紗麗，央吉弄了半天也穿不好，只好紅著臉請站到陽臺上的那若進來幫忙。可是那若又怎麼會穿這女人的衣服。所以上上下下弄了半天，總算披掛了個樣子出來，剩下的就是兩個人急促的呼吸。聰慧的央吉突然一把將那若推倒在床上，再伸出手掌將他拉起；接著扭起了在影視中學到了印度舞，是的，內斂而又熱烈。當她再次將那若推倒在床上時，適時地那若將她攬到懷中。

一陣雨急切地打在玻璃窗上，清醒過來的央吉，忘記了身上的紗麗，趕緊飛到雨裡端回她鍾愛的卓瑪花。也不顧床上的那若癡迷的樣子，拿起床上的衣物躲到外間換上。

待她敲開門重回到臥房，看見那若已經紅著臉坐到了書桌前，凝視著爸啦為她洗頭的小畫片。

「我還要嘗嘗您親手做的咖哩飯呢。」

「嗯，我們去菜市場吧。」說這句的時候，那若不敢抬頭看央吉緋紅的臉。

果然，當兩份飄香的咖哩飯，外加一份漢式炒菜擺放到央吉家的小桌面上時，幸福著的央吉也打好了一筒精細的酥油茶。這絲絲縷縷的甜蜜像時光上被刻意雕琢的花紋，在細微中他們感應到彼此的真實和關愛；在簡單的言語甚至沉默中，感知兩顆善良的心，緊緊地貼在一起。

直到今天，他們不敢拿眼睛對視對方，那一份愛憐就在輕輕一瞥的過程中鐫刻在心底。他們珍惜在一起的每時每刻，他們在夢裡，也生活在現實的光裡。

3

連日的大雨，拉薩河水暴漲起來。央吉曾經洗衣、打水漂的地方早已經沒入水底。帶著一筐的衣物騎在自行車上的央吉，望著河水出神。不過，她還是紮下車子，向河對岸的次角林村望去：炊煙在厚重、潮濕的空氣中緩慢升騰，偶爾傳來幾聲犛牛沉悶的叫聲，這聲音讓她想起巴塘，想起八曲河畔那個生長過的家。

昨天，多年未聯繫的阿媽啦不知從哪裡弄到她的電話號碼。聽筒中都是自責和慚愧的表述，最後，阿媽啦希望在拉薩的央吉能夠幫助那個同母異父的，初中就輟學的弟弟找份工作。

央吉沒有猶豫，答應請弟弟過來。畢竟血緣上弟弟是自己最親的親人，她也不再為過去那些發生在家人之間的荒唐事情而無限糾結。不錯，在一次次沐手焚香的時候，她一直在為阿媽啦的健康和幸福祈禱。給予過自己生命的人，理當感恩。

「看來今天的衣服是不能在拉薩河中洗了。」回登山隊宿舍的路上，央吉順道在林廓路上的一家咖啡館為弟弟找了份做學徒的工作。工資不高，但可以學到做咖啡技術，那麼幾年後有了些積蓄，弟弟就可以獨立做自己的事情。想到這裡，央吉放慢了自行車的速度，第一次認真欣賞這拉薩城的風光：

七月末的拉薩，因為昨晚那場大雨，居然四周的山巒都披上了淡淡一層白雪。家家戶戶房頂遍插的經幡，雖已褪色，但在雨水和陽光的雙重作用下，顯得更加透徹、亮麗。街道邊胡楊的葉片像染了層厚厚的白霜，讓內地來的遊客不明白現在是春初還是夏末？

背上舊色糌粑袋，手搖經筒，日夜唱響經文的轉經人，絡繹不絕。

乾脆，央吉將自行車靠在路邊，專注地觀望，那若的放生羊會不會出現在這裡。幾十分鐘過去了，央吉未曾看見那羊的影子，於是只好悵悵地回到宿舍。

第二日，到車站接到的弟弟讓央吉幾乎認不出來。長成大小夥子的他也親熱地跟姐姐敘著家常，好像他們一家人未曾分開過一天似的。

弟弟的食宿都是咖啡館給包的。央吉就幫助他買了些日常生活用品，再帶上他到大昭寺和布達拉宮禮了佛後才腰酸背痛地回到宿舍。

旺加教練逐漸加大了訓練量和訓練難度。對於已經兩次成功登頂的央吉，旺加看在眼裡是喜悅的。

「她是個爭氣的，不一般的姑娘。」

旺加為當初歪打正著地將央吉弄到登山隊來而心生慚愧。不過過去的都已經過去了，妹妹格央順利地讀完內地的大學後，在上海找了份不錯的工作。為他們整個家族的臉上都爭了光。反回來，如果當初央吉還在她的身邊，肯定會拖格央的後腿。這樣想想，旺加認為自己又不曾虧欠央吉什麼。

「看來多年夢寐的登頂珠峰的計畫要實施了。」在每次訓練的過程中，一想到這兒，央吉就會有種小小的興奮。這是她一生最重要的事情，在那最高的山頂，生命無論是停止還是重生都將是意義中的。所以她善待、細緻現在身邊的生活，就是為那一場生命厚重的禮遇。

當然旺加想不到這些，他只是認為央吉是隊裡目前最出色的隊員。能夠成功登頂珠峰是全隊所有人的榮耀！所以要確保萬無一失。登山前的這段時間，他要求隊員不能隨便外出，他的理由是：生命不是自己給的，但有義務讓它好好活著。

他的這個理念灌輸到全隊，弄得大家感覺不好好訓練，上了珠峰生命就都將消殞一樣。所以全隊上下齊心協力，精心籌畫，彷彿是在面臨一場重大的戰役般。

同樣地，央吉跟那若見面的機會也越來越少，他們是心有靈犀的兩個人。將思念裝在彼此的心底，用祈禱和祝福編織兩隔的時空，也是一種現實的幸福。

「那麼以後的生活，登山歸來以後的生活？」坐在陽臺上盛開的卓瑪花旁邊的央吉在問自己。

「淡然的、溫馨的，只屬於我跟那若兩個人的。」想到這裡，央吉臉上的紅潤賽過身旁的卓瑪花。

4

在沉澱的時間中，阿媽啦已經完全走入佛地的時空。不光在拉薩禮佛，她決定到阿里的神山聖湖去朝拜。那若懂得老人的心情，於是開上他那輛雲團般的越野車，帶上她往阿里的塔爾欽鎮出發。

八月的塔爾欽，暮色蒼茫！一隊隊的來自藏區各地的、尼泊爾、印度的朝聖客擠滿了路邊的客棧。未曾皈依，但那若虔誠於這佛事的儀軌，為第二天開始的轉山行程置備好經幡、隆達。

頭髮花白的阿媽啦坐在措姆甜茶館的木凳上，對著岡仁波齊的方向無休無止地念響經文、轉動經筒。那若走過去，牽起她的手腕，回客棧休息。隨後獨自一人，走近塔爾欽小學所在的高坡，眺望不遠處的納木那尼雪山在陡現的餘暉中矯情地沉默。

是的，他的央吉也在沉默。他明白這最後的時刻不能打擾到她的日常訓練，可心裡的那份相思和無著是種實在的折磨。

那一天，也是在這樣的黃昏，靠在她肩頭，在拉薩河畔靜坐的央吉突然告知他將要登山的消息。一時無語，隨後那若微笑道：「這是您嚮往已久的決定啊！等您登頂成功的那日，註定也是我最幸福的時刻。我為您喜悅！」說著，那若將央吉的額頭深深地往懷中摟了摟。可在他真實的心底，卻飽含難耐的心傷：誰不明白登山特別是登頂珠穆朗瑪峰意味著什麼？從人類第一次嘗試攀登它，到如今有多少人一去不返，何況是現在懷中嬌柔的姑娘。斯玲阿佳遠逝，令他一生痛傷，而今最愛的央吉要有多少神靈的護佑才能平安往返？

再一次無助的蒼茫，讓那若有種痛徹心扉的難耐。他未曾在央吉面前表露出來，他和央吉同時選擇了沉默。

那麼只有到了這神山的近旁，孑然行走在塔爾欽風裡的那若，才嗚咽著攥緊央吉送他的松石項墜，靠在小橋的石欄上，自言自語般為她祈禱：

〈萬福央吉〉

一、我這幸福的人

嗯，快樂被刻意雕琢在眉角
拉薩金頂的光
疊加一地的舊腳印
匍匐的宏音

已失的、將失的、未失的像桑煙
切不斷的，浮生氤氳

踉蹌接福的樣子，像極了小丑
幕後，那被過度誇張的微笑
再次迸裂：在上方、在頭頂
路過的朝聖人，拿悲憫取暖

二、高原占卜者

放生之前，置我於祭台之上
最後高歌
黑羽、毛髮、甲殼，他們用利刃去除的過程
就只是過程

漸漸地，冷卻的時間將白天包裹起來
白核，黑色的外衣
我在占卜者的軀體裡窺伺星象
混沌未開
秩序戛然

三、拉薩初始的抒情

這些日日生長的短髭，觸痛了鏡面
這拉薩河水般的背景

平靜理當抒情：雲纖、天靛，心蒼、野茫
牧人在鏡旁的畫框中敬畏遠方
孩子在草甸

固然，我將想像一場風雪
草枯、雲殤，一城的驚慌……

在拉薩的紫檀木凳上
將乾爽的浴室的門，從裡面反鎖
竊笑，跌臥在水裡

四、風口的祝福

暮色，那是我走出時間走進鏡子的
第一個暮色
無關的手，象徵性地舉至額頂
雪白的牙笑

意向單一
那閉緊的眼睛，無法連接的經幡
傳承在風

一群紅色的孩子在跟我說話
按下青稞，一些無端的節奏在淺夜中醒來
我試圖將阿里的黑白喚醒
不需聲音：牧草起伏的高度
蒼鷲覆蓋的憂鬱
散落的，我和央吉在雪山峰頂的
生動

當然，在他的感悟中，央吉能夠平安登頂、歸來。從他認識她的第一天起，就喜歡上了這個聰慧美麗的姑娘。她安靜的不同常人的舉止，她的淡淡憂傷，她的似乎能穿越時空的之於生命的見解，讓他這個自認為厲世百載的人自慚形穢。同樣她對於生活細緻的態度，對於感情淡然中透射出的琥珀般光澤，也讓他一次次徒然感動。所以在這阿里高原的風口，他能為她做的，就是將這項墜含在口中，為她做無休的祈禱和祝福！

第十章

1

「諾桑王子回來了，一定會很傷心的。請阿媽啦將一半的項珠交給他，見到珠子就像見到我本人一般。」

雪頓節裡，早早端坐在布達拉宮後面的宗角魯康聽藏戲的央吉，還是被這樣的場景打動了。這是遠古的發生在阿里高原的一個傳說：在遠古的額登巴國，昏花的老國王聽信巫師哈日那波的讒言，委派英俊驍勇的諾桑王子，帶兵到北方打那場並不存在的戰爭。借此機會，留在宮中善良、美麗的雲卓拉姆遭後宮陷害，即將失去生命。萬般無奈，在早就洞悉就裡的母后幫助下，雲卓拉姆準備逃到如今的普蘭宮普寺（當年只是一個超大的山洞），飛回天庭之前，將自己的項墜一分兩半，之後就發生了上面的一幕傷絕的場景。

故事的結局當然是美好的：諾桑王子發現被欺騙，火速返回在普蘭的都城，可惜為時已晚，雲卓拉姆已經飛回天庭父母身邊。也就是憑藉那半串項墜才再次相認，重返人間過上美好的永不分離的幸福生活。

這種以說唱形式表演的戲曲，更能表達人物的心理情感，舉手投足、細膩的面部表情配合抑揚頓挫的唱腔，總是讓人無端地深入到故事情節，欲罷不能。

而今，央吉的王子正在阿里陪著阿媽啦朝拜神山聖湖。

從宗角魯康回登山隊宿舍的路上，央吉的淚水總是不爭氣地流淌滿面。一方面她是被雲卓拉姆的真情所打動；另一方面，她也為那若掩藏百千的相思，怕打擾到她最後的訓練，而遠行阿里。

那一個午後，暴雨如注，央吉如約來到那若在八廓街上的老房子，一樓是珠寶店面，二樓是阿媽啦的居室。登臨三樓的木梯盡頭，橘黃燈光下的那若居然舉起一條潔白的哈達在等待自己。愛，走到今天，還是這樣的莊嚴！坐在窗前卡墊上的央吉俯視八廓街上磕長頭的僧人，淚水還是蓄滿雙睛。當她剛準備將自身打小佩戴的爸啦珍藏的祖傳綠松石送給那若時；神祕的那若卻先請央吉閉上眼睛。

一串飾有琥珀、珊瑚的項鏈被那若輕輕地掛在央吉頎長的頸上。

兩顆摯情的心，被彼此永遠收藏。

「我的諾桑王子會回來的，當他見到那顆祖傳的綠松石時，就如見到我一般。」坐在陽臺上，沐浴在晚風中，聽著近旁風鈴時斷時續的聲音，央吉癡癡地想。

2

還是那片古舊的樓房，還是那盞被點燃的酥油燈光，還有那冉冉的藏香、松柏枝沫。格桑玉珍開始了白度母眼睛的繪製；每一次筆尖與畫布的觸扶，都將聯動心魂的震顫。這多年來，她確信自身跟度母有種靈域上的貼近，特別是在此刻的光中。

因為這幅作品，格桑有些許的日子未曾跟才桑見面了。她是位視藝術和生活同等重要的人，但當藝術的元素多於生活的構建時，她還是會選擇藝術。而唐卡只是她創作的一個載體，在這個過程中她早已達到無我的境界。但這酥油燈光下繪製度母眼睛的氛圍和過程，卻是她不經意營造的；她喜歡在看似虛幻的、彌散的氛圍中捕捉細膩的成分，再由表及裡進入度母的心空做超越時空的碰撞。所以，每當作品結束移開畫布的剎那，格桑都有種虛脫的感覺，走進黑框的窗沿，她望見夜間的大昭寺桑爐中隱約的火光，幾位外地裝束的卓瑪在笑聲中轉經，於是她又坐回到黑色的厚實的卡墊上，盤起雙膝，閉緊眼睛，似乎要將自己折疊進生命的輪迴中。

事實上，這是要送給央吉的作品。尚覺年輕，但在唐卡繪畫領域已經達到極高層次的格桑玉珍很少會送畫給友人。這可能也談不上送不送的問題，央吉之於她，無論交情還是友誼似乎都未曾發展到一定的境界，可格桑確認，她跟央吉之間具有另外一層說不清的感悟。

或者說，她認為這個來自巴塘的嫺靜、美麗的姑娘就是她筆下現實生活中的度母形象。她具有白度母的善念和矜持，固我和廣渡。她愛身邊所有的人和生靈；她細膩生活中的一點一滴，哪怕偶然接觸到的朗瑪藝術，也能在短時間內做到極致。

當然，最重要的是她所選擇的登山事業，她甚至認為把「事業」這個詞用到年輕的央吉身上是否合適。但她堅信，央吉所選擇的路是常人無法勝任，繼而有刻意迴避的。那是一條即知生死，又無限蒼茫的現實之路。要說央吉的經歷確實坎坷，但也未到需要棄世的程度。所以，格桑玉珍認為她是真正無畏的滿懷善念的度母，她的每一步路程都將是這世間如約的美麗！

接到格桑玉珍親手饋贈給她的白度母畫像，八廓街上空剛剛透瀉出微微的玫瑰色晨曦。

古舊的畫室中，央吉望見整夜斜靠在卡墊上她憔悴的面容。

「央吉，阿佳突然將這個送給您，不曾有其他任何想法，就是祈禱您登頂珠峰平安。您是我尊重的妹妹，想想阿佳此生唯一能做的就是繪製唐卡，然您不同。你選擇的路和方向，是阿佳嚮往卻永無法企及的。阿佳為您感到驕傲！」

「玉珍阿佳，您別說了，央吉何德何能接受您這般的饋贈。我會將它懸在房間最重要的位置，日日頌歌，日日敬拜！」說著，央吉哽咽起來。

「嗡嗒瑞度嗒瑞嗦哈！嗡嗒瑞度嗒瑞嗦哈！嗡嗒瑞度嗒瑞嗦哈！嗡嗒瑞度嗒瑞嗦哈！嗡嗒瑞度嗒瑞嗦哈！嗡嗒瑞度嗒瑞嗦哈！嗡嗒瑞度嗒瑞嗦哈！」

不約而同地，央吉跟玉珍阿佳在這漸漸光明的拉薩城頌響度母心經。

3

汛期過後的拉薩河，河床漸露。

帶上心愛的紮年琴，央吉在一簇紅柳旁邊的沙灘上坐了下來。對面是桑煙瀰漫的次角林。

望著那無風凝聚的煙靄，央吉猜測今天又是個禮佛的日子。究竟是什麼日子她也說不上來。

而今的拉薩河被遙遠的雪山融水沖刷成四條相互隔開的河道。央吉腳邊的這條是個河灣，清澈見底，水流也沒有前幾天那麼湍急。

八曲河西岸的白馬啊！
我沒有金色的馬鞍
也置不起五彩的韁繩
你依舊會跨過河水啊！
徜徉在我身旁。

美麗的安多牧場啊！
遍佈珍柔花紫色的憂傷。
聖潔的安多牧場啊！
有白色的犛牛在向我訴說。
我那雲一樣純潔的卓瑪啊！
你是否會願意走近我身旁？

一曲接著一曲，邊彈邊唱，淚水在央吉的面頰上流淌。從爸啦到格央、旺加、才桑、格桑德吉、那若到格桑玉珍，這一路走來，得到了那麼多的關愛和護佑！央吉是個懂得感恩的人，但她分明知道除了登山除了不停的行走，還有沒有其他的形式可以報答這一路上的恩人；如果有，她會捨棄一切。

聖城拉薩，第一次讓央吉感知到它無上的榮耀和慈悲。而今這如歌如泣的琴聲可是我對您最真誠的敬意表達？

一陣風，將央吉的黑髮扶散，頭頂數隻的紅嘴鷗在天際翱翔，一枚被季節弄黃了的紅柳葉片飄墜在琴盒裡。央吉抬眼望了望河谷東北角處的幾縷灰色雲，心緒難抑，琴聲不斷。

聽見帶笑的央吉的聲音，正在阿里轉山的那若心情終於釋然。

「您就別擔心放生羊了。臨走時是想請您看護，可訓練任務那麼忙，所以我就跟阿媽啦商量帶它一起轉山，您知道它是有佛性的。這不，我跟阿媽啦都快走不動了，它還是這般的歡快。嗯，我請它跟您說說它此刻的感受吧。」

接著，央吉手機聽筒裡果然有斷斷續續「咩咩咩！」的聲音。

「再過幾日，我們將去瑪旁雍措轉聖湖了，大約要十幾天的時間，央吉，您別擔心我們。將來我一定會迎來您成功登頂的好消息。我們也是以這種方式給您祝福和祈禱！」說著，相距千里的兩人幾乎同時端起互贈的寶石輕輕地含入口中。

淚水再次在央吉的面頰上流淌。她心知自己不是個愛哭的姑娘，可這次……

「那若，請您到達卓瑪啦山口的時候，幫我在神山繫上經幡和潔白的哈達。也請您幫我採朵神山上的雪蓮。我敬奉它就如敬奉您給予我的深情一般。」

而聽筒裡，那若回答央吉的是無限的熱淚和沉默。

「那若，您聽啊……」

茲格塘措的湖水
像聖潔的奶汁
可哥西里山的山岩
像你頸上的寶石
我倆身邊的小溪
是江河的源頭
我倆牽手的那日
江河匯流在一起

漸漸地，岡仁波齊神山和拉薩河谷的風同時大了起來。他們再也聽不見彼此的聲音，他們放下手中的琴和電話，向著對方的方向，跪下雙膝。

4

距離拉薩城西十幾公里有個叫羊達鄉的地方。才桑悄悄地買了處古樸的有林又有小溪的院落。說是送給格桑玉珍的二十八歲生日禮物，還不如說是他們共同的藝術工作室確切些。於是，這院落就有了個詩意而又莊重的名字：「玉珍莊園」。

除去廚房和儲藏室外，才桑隔出外面的一間，當做自己的工作室，用來整理排練他從民間發掘來的堆協藝術，裡面的光線好些的一間，當做格桑玉珍的第二畫室，盡頭是他們的臥室兼書房。

細想想，這哪裡有莊園的影子？院子裡還被玉珍豢養了一隻渾身金色的叫阿修羅的小藏獒；可別被阿修羅胖乎乎乖得像個小熊崽的模樣迷惑住了，不出兩月，再現你面前的，將是隻高大威猛、為了主人「兇相畢露」的純種藏獒。

當然，那隻毛色純白的銀狐，名字是才桑起的；嗯，叫羅布（寶貝）。看起來羅布是那麼的乖巧，目光是那樣地嫵媚。撒起嬌來，會用鼻子蹭你的額頭。但當你端給它的食物只是酸奶水，而不放一粒肉末的時候，再看看它能給你什麼折磨：對，先把你的食盆頂翻，依然會用鼻子蹭你，可力量就不一樣了。不把你撞翻才怪。然後自己卻裝成受氣的樣子，躲到胡楊的樹影裡，難過地哀哭。天哪，世間怎會有如此聰慧的精靈？於是，玉珍工作累了的時候，就將大部分時間泡在銀狐的身上。

工作間隙，他倆時常談論的不是藝術就是這兩位可愛又可憎的「家人」。不過，雖是可憎，他倆可是給才桑和玉珍帶來許多的藝術創作靈感。比如這傳統的那曲鍋莊，在銀狐變幻的身影啟示下，加入了現代的打擊樂，就變成了有慢搖節奏的舞曲。節目編導出來後，迅速風靡拉薩城。現在城內所有的朗瑪廳，在跟觀眾互動共娛的節目，就只有這節奏舒緩、又不失民族風味的「新那曲鍋莊」了。

手臂輕搖，腳步踢踏、迴旋，有時再藉以民間藝人的現場歌聲。常常使勞累了一天的紮西和卓瑪徹底放鬆，留連忘返。

格桑玉珍，時常為才桑的創意和付出感到驕傲。這是一位值得尊重和關愛的男人。就因為這樣，他們也從不談論婚嫁的話題。

相識、相知、相愛了，就一定要舉行場形式和意義上的婚禮嗎？給予對方最大限度的自由，在合適的時間和空間裡相約走到一起，居住在一起，這也是對彼此最真切的尊重。這不光是藝術上的，也有人性方面的。所以直到今天，他們依然欣賞對方，歷久彌新、牽手共度。

這樣的關係，也促進、確保了才桑和格桑玉珍的藝術生命旺盛、常新。他們自在在彼此的體內，喜悅在歲月的光河。像精靈般的銀狐，他們變幻也沉靜在樹影裡。

知道這塊風水寶地後的旺堆、桑傑和拉姆、卓嘎他們，仿若找到了世外桃源般的興奮。不光是對民間堆協的發掘、整理和創作，他們也不定期地舉行藝術研討、畫展、詩朗誦等多種形式的沙龍活動。所以，阿叵底朗瑪廳的許多新節目是從這裡誕生的。理所當然，玉珍莊園的首場詩朗誦是屬於那若和央吉的。

5

才桑從格桑玉珍那兒聽到央吉即將攀登珠穆朗瑪峰的時候，心裡陣陣發緊。他知道那意味著什麼，直到今日，他都不明白年輕善良的央吉為何要選擇風險極大的登山路？也正因為這些，他將她視為此生最為尊重的人之一！他愛過央吉，事實上他一直在愛著她，只是現在換了種形式，他為那一夜有些荒唐的舉動懊惱過。如今他終於明白，央吉對於愛也是在克制中精心選擇的；她是個純淨的人，所以她不會隨意愛上或者嫁給一個男人，如果此生遇不見，她寧可將愛託付給來生。

與其說玉珍莊園的這場詩歌朗誦會是為詩人那若舉辦的，還不如說是給即將登山的央吉送行的，當然剛從阿里轉山、轉水歸來的那若，明白大家的良苦用心，將自己最近些日子的所謂力作列印了七八份，給大家閱讀，以便在夜色來臨的時候朗誦。

當冉冉的燭火次第燃起，作為主持人的才桑首先站立起來，拋磚引玉吧；他首先朗誦的是藏地偉大的詩人倉央嘉措的詩句：

那一夜，我聽了一宿梵唱
不為參悟
只為尋找您的一絲氣息

那一月，我轉動所有經筒
不為超度
只為觸摸您的指尖

那一年，我磕長頭匍匐在山路
不為覲見
只為貼著您留下的溫暖

那一世，我轉山、轉水，轉佛塔啊
不為修來世
只為途中能與您相見

只是這鏗鏘且又繾綣的詩句從才桑的口中發出，似乎不全是給格桑玉珍的，央吉的臉有微微的漲紅。

接下來，格桑玉珍朗誦了〈拉薩近郊的燕麥〉——

和誰一起分享這短暫的寧靜的喜悅
依然返青的秸稈，輕柔地搖擺在微煦的風裡
不等待刀鐮和望果節農人鮮豔的禮儀
拉薩河谷，一群快樂的只聽到聲音
卻不見影蹤的燕子
渴望它嫩黃的嘴巴
賜我一場如酥的初吻……

未曾想到作為唐卡畫師的格桑，朗誦的聲音是如此甜美，弄得才桑頻頻投去驚訝的敬佩的眼光。

作為應邀主角的那若朗誦的是他最喜歡的一首〈桑煙微煦〉——

微煦的桑煙
將阿媽啦的雙手，燻得發亮
或許，這是一片戲劇的白幔
幕前和幕後的同個人，隔空相望
在心障的空域，向自身膜拜

那若的這首自然場景中散發濃郁哲思的詩句獲得了大家熱烈的掌聲！燭火依舊，時空延續，接著是一身素裝的美麗的央吉輕緩地從氆氌卡墊上站起；她選擇的是那若剛剛寫就的〈淡藍色，阿里的雲〉——

當父性的岡仁波齊，倒映在瑪旁雍措阿媽的體內
紅嘴鷗，那白色的身影，我寧靜的化身
漂泊累了的時候，會就著月色
梳理白天孤獨的身影

一直在路上，岡仁波齊
如哈達般嵌入體內的雪壑
在這一刻飛揚，喜極而泣
一直在路上

央吉的聲音未落，大家陷入了她詩句的意境中；這分明就是央吉選擇登山心境的真實寫照。「如哈達般嵌入體內的雪壑／在這一刻飛揚，喜極而泣／一直在路上」，結局似乎又在預示一段不歸的路途。這在心底縈迴的句子，弄得格桑玉珍差點哭出聲來。她敬佩那若的才情，能寫出這樣完美的詩句，更為即將出發的央吉而憂心，為他倆的將來而憂心。

不約而同地，在朗誦會即將結束之前，大家肩並肩圍在一起同聲朗誦的是《萬福央吉》——

嗯，快樂被刻意雕琢在眉角
拉薩金頂的光
疊加一地的舊腳印
匍匐的宏音

一群紅色的孩子在跟我說話
按下青稞，一些無端的節奏在淺夜中醒來
我試圖將阿里的黑白喚醒
不需聲音：牧草起伏的高度
蒼鷲覆蓋的憂鬱
散落的，我和央吉在雪山峰頂的
生動

最後，大家哭著、笑著圍成一圈，一同唱起倉央嘉措的〈瑪姬阿米〉——

在那東山頂上
升起潔白的月亮
瑪姬阿米的臉龐
映照在我的心上
呀啦咿呀啦嗦，瑪姬阿米
呀啦咿呀啦嗦，瑪姬阿米，瑪姬阿米

第十一章

1

採用這種方式告別，央吉和那若都感覺再自然不過。

太陽還未曾出來，天空中是一如既往的玫瑰紅。就連大昭寺的金頂此刻也沐浴在一層溫馨的晨曦中。如今的放生羊不是跟在人的身後，而是搶到了央吉和那若的前頭；央吉早預料到這個，所以氆氌背包裡為它準備了充分的青草和鮮奶。

「沒想到它居然能跟我和阿媽啦一起轉完神山聖湖？要知道最後連阿媽啦都快堅持不住，我這一路別的似乎沒做，就剩下照顧她了。還好，阿媽啦見到水中的岡仁波齊要拜、見到瑪旁雍措成群的紅嘴鷗也要拜，是減省些體力，可時間足足比平常多出了三分之一。」

那若隨口說出的這些，讓自己感覺到哪裡有不對勁的地方。於是目光從前面的放生羊身上移開，轉向不遠處影影約約的布達拉宮上面。

「當然是神山聖湖賜予它無比的力量！不然千百年來怎會有那麼多的人去朝拜啊！再說珠穆朗瑪也是我們的神山，我登臨的那一刻，也是種虔心的膜拜！你說對吧？」

聽到央吉低著頭說出的話，那若知道不對勁的地方在哪裡了。說來也巧，就在他們都不言語的時候，一束自然的光柱直直地照在整個布宮，金頂紅牆在此刻顯得如此神聖，而它周邊的建築則在光柱的映托下越發黑黢黢一片。

「嗡瑪尼唄咪吽！嗡瑪尼唄咪吽！嗡瑪尼唄咪吽！嗡瑪尼唄咪吽！嗡瑪尼唄咪吽！嗡瑪尼唄咪吽！」

轉經道上的每個人都發現了這奇異的一幕，於是都駐足下來，有的合十雙掌念動經文，有的趕緊向著布宮的方向跪下塵軀，磕起長頭。當然，懂事的放生羊也停下腳步，回頭一臉驚詫地望著在向布宮方向祈禱著的央吉和那若。

當光柱慢慢散去，那若望見央吉臉上滾滾的淚珠。

「會的，我會一直為您轉經，為您祈禱！直到您平安歸來。」一遍遍地那若在心底說。

「每天，這裡既是啟程亦是歸程。那若啦，您已經送我了，我已經很滿足了。現在我要歸隊準備明天出發去珠峰大本營。我會平安歸來的……」

說到這裡，彷彿有淚水要湧出的感覺，於是央吉趕緊蹲下身子，將濕漉漉的手心按撫在放生羊頭上繼續道：「我會平安歸來的，跟我們的羊兒一起轉經，一輩子。」

聽到這樣的別語，那若連最後擁抱一次央吉的勇氣都沒有，就機械式地將很久前就準備好的哈達戴在央吉的頸上，另外的一條：「請您代我敬奉給萬世的珠穆朗瑪！」

說完，那若開始了他第二遍的轉經，這次是放生羊跟在他的後面。

癡癡地，望著那若健碩的沐浴在陽光中背影的央吉，確然聽見了他壓抑的哭聲，只是這哭聲似乎來自地面的底層，驚魂而又溫暖！

2

車子即將進入珠峰大本營，央吉還是抬頭看了看好似並不遙遠的白雪皚皚的峰頂：「我來了並沒想到離去。」這突然從心底迸發的話，讓央吉愣了一下。暫態的恍然讓她想到了德吉阿佳。但這只是短短的一瞬「我還要回去隨放生羊一起轉經呢，一輩子。」

無論怎樣這是給那若的承諾！羊兒要放生，人擁有生命卻不珍惜，就盡法子地折磨、虐待自身，一個個好像活著並不是自願的，是被迫的。快樂也好，痛傷也罷，怎麼如意順手就怎麼對待自己和身邊的人，這哪裡是在活著？分明就是在浪費萬靈賜予的肉身和魂魄。央吉不會那樣做的，她還在計畫下山後的生活呢：嗯，就算每天洗衣、做飯，陪伴相愛的人一生她也認為是最幸福的。

「沒有比這更幸福的。」一想到這裡，央吉的臉就又紅了。

九月初是個登山的好時節。

因為有了登頂啟孜和卓奧友峰的豐富經驗，再加上一年的強化訓練，央吉並不認為眼前的珠峰是高不可攀的。氣象也顯示這個月的珠峰所在地區都是好天氣，所以從大本營出發到海拔六千五百米的前進營之於每位登山隊員來說，都太過順利。

於是大家再接再厲，從七千零二十八米的四號營地到七千七百九十米的五號營，也是一鼓作氣。

美麗的旗雲一片片地在身邊伸展開來，這只有在最高海拔才能一見的奇景，讓央吉放慢了腳步。有時是緩緩舒捲的，有時一動不動的，弄得央吉真想奔過去將它們折疊起來，打包帶回到拉薩跟朋友們分享。

特別是當陽光散射過來的時候，那雲就真的像翩然的旗幟，甚至能夠遮住遠處任何一座海拔七八千米的雪峰。那感覺只能讓人想到大自然的鬼斧神工。

這次登山，旺加教練請了位經驗豐富的夏爾巴人作為嚮導，一路上就方便了許多。就連搭建帳篷這樣的工作，在夏爾巴人的指導下節奏也變得快了。晚餐大家依舊是吃的風乾犛牛肉和糌粑酥油茶之類，然夏爾巴人卻是手抓咖哩飯、酸豆湯外加威士卡，弄得大家躍躍欲試起來。可他的由青檸檬、青芒果、青木瓜配辣椒醃製的下酒酸菜，把大家酸的一個個咬牙切齒。水果當然是最好的食物，央吉對這個可是情有獨鍾。

在向海拔八千三百米的突擊營進發的路上，身邊有叢叢的冰林。旺加教練不停地提醒大家當心！由於早已經備上了呼吸面罩，央吉並不感覺到特別吃力，所以就將冰爪鞋緊緊地一步步扣在冰面上，彷彿只有那樣才能給這億萬年形成的剔透留下點什麼。

剛拐過冰叢，向一個雪坡進發才二十多米的路程；一股莫名的旋風瞬間而至。央吉隱約聽見旺加叫大家快趴下的聲音，自身就一腳踏空。下意識地胡亂往上抓了一把，可巧就抓到了回頭的夏爾巴人的氧氣管，無奈中的夏爾巴人跟隨她迅速下跌，在旋風過去的當兒，央吉才意識到自己的雙腳插在了一塊岩縫中，同時夏爾巴人也順勢扣住了一塊裸石。

求生的本能讓央吉不停地掙扎，雖然最終脫開了登山靴，腳卻裸露在零下四五十度缺氧的寒氣中十幾分鐘了。匆忙趕過來的旺加和隊友們看見這一幕都吃了一驚！好在夏爾巴人的氧氣管還能用，央吉也被拽了上來。接著是組織有經驗的隊員下到岩縫中取出央吉的靴子。當抽出在隊友懷中暖著的腳重新穿上它時，央吉居然幸福地笑了，並不停地對著夏爾巴人和大家說著謝謝！然而旺加教練清楚知道，雙腳裸露在這樣高海拔的山巔意味著什麼。所以極力勸說央吉放棄登頂，立即下山。

夜宿在突擊營的央吉，就是雙腳有些發癢的感覺，並沒有其他不適。就堅定了登頂的意願。或許旺加是被她一直掛在臉上的笑容迷惑了，再或者他也懂得在這個時候請央吉放棄終生嚮往的目標是多麼的殘忍！於是選擇了沉默。

幾年的登山生涯，作為專業隊員的央吉怎麼會不知道那短短的幾分鐘意味著什麼？然而她的夢想，爸啦的靈魂，那若的哈達，最重要的她要親見那細微洞開的白門；她就是那白門的鑰匙，不管格桑德吉阿佳怎樣想她都要幫她開啟。就算倒在上面也算不了什麼；自己這多年的願望即將實現，怎可以半途而廢呢。

一次次地，央吉也在想，自己一生都行走在這蒼茫之中。打小時候開始，一聽說下大雪，不管在什麼時候都會跑進風雪裡，任憑那風啊雪啊將自身籠蓋。後來到了拉薩去了雅魯藏布江，特別是秋末冬初的漫天黃沙，自己也總會毫無目的地深入其中。分不清方向，但好像又有方向；或許那方向就是精緻的小死亡，那麼自身一次次深入的觸摸的不就是死亡玲瓏的臉嗎？所以央吉對於死亡並不感覺到恐慌。她甚至理解為死亡和生命是共生的，它們行走在同一條道上，它們的終點就在這雪峰或者本沒有終點。蒼茫中感知珍惜生命的存在就已經足夠！

3

凌晨三時從突擊營出發，每位隊員都興奮起來。

七時三十分，曾經有過登頂經驗的教練吐加已經站立在峰頂向大家招手了。快近九點央吉終於到達了她夢中的高峰，這時候天早已經亮了，她跟隊友們擁抱在一起。

接著，她獨自跪倒在面朝陽光的方向，小心翼翼地將爸啦畫她的那張發黃的紙片放飛在空中，再獻上她跟那若的潔白哈達，心瞬息安寧下來：這一路，不，是這一世的艱辛似乎都已經走過，她無限感恩這塵世中的生命！感恩夏爾巴人！感恩爸啦賜予的骨血情！感恩那若給予的無上純真的愛！當然還有那永遠被掩埋在冰隙中的格桑德吉阿佳！

現在的自己就是那白門前的鑰匙，靜止了卻是在轉動；央吉閉緊眼睛，伴著大顆大顆滾燙的淚滴，她分明感知到面前的白門在細微洞開，瞬息她便被原初的自在和喜悅密密包裹。膝下的雪居然也開始帶有某種神性的溫暖，央吉通透在自身的光裡。無論是蒼茫還是雪巔，央吉被自己的執著所感動，被那能望得見的俊俏、別緻的死亡之臉牽引著，自在地蜉蝣在生死的空域，一枚葉、一片花、一縷風的活著。所以央吉深知感恩的意義，就是珍惜自身，珍惜現在和將來的愛跟生活。

十時二十分左右，旺加教練要求大家迅速下撤。像跟過去的自己告別，身心輕鬆的央吉微笑著跟珠穆朗瑪揮手、躬身！陽光燦燦地映照在她嬌柔的身上；仿若一尊金色的雕塑，屹立在這世界的最高峰。

接下來的路跟來時一樣漫長，回撤到七千七百九十米的五號營地時，央吉的雙足痛脹奇癢難比。看來是真的出問題了。一想到這裡，央吉的心還是緊縮起來。在營地的帳篷中，她偷偷地脫下靴襪，紅腫的腳踝一觸會有水粒滲出。一直在關注央吉的旺加教練還是看見了這不幸的一幕，唯一能做的就只有沉默。

從海拔六千五百米的前進營開始，央吉已經是一瘸一拐的狀態。在體力尚好的隊員接力攙扶下，才一步步逼近大本營所在地。當接應來的救助人員到來時，央吉幾近不能行走。

「足踝已經發黑了，腫脹得不能穿上靴子，還伴有高燒。這要馬上送到醫院救治，否則會有生命危險！這樣還能走下山來簡直就是奇蹟！」隨隊醫生的初步診斷結果，令大本營裡的所有隊員淚濕眼眶。這哪裡又是奇蹟？央吉本就是為了目標不屈的姑娘，從悲愴的童年開始，到年少時的離家出走，再到如今的登山隊；從念青唐古拉的啟孜峰到海拔八千多米的卓奧友，再到如今的珠穆朗瑪，她從沒有為自己選擇的路動搖過。她一路行走一路感恩和播撒愛。她是一個一直在微笑的姑娘，就在剛剛甦醒的一刻，臉上依舊生動的是猶如度母般的笑容。

就近的定日縣派來的救護車已經駛在路上，旺加和他的隊員們手牽手向著月色中的珠穆朗瑪獻上祝福的禱詞！

4

經過簡單的吸氧、輸液處理，央吉被轉送到拉薩的醫院。

又是日喀則，又是羊卓雍措，輕輕撩開車簾，央吉憶起第一次來羊湖時那車窗上自己的城堡。那城是一道跳躍的水線，隨著車子的顛簸變幻著形狀。

而今，那城終於崩塌了，不見了。不過在崩塌之前，央吉見到了城內最美、最蟄心的景致。

到達拉薩的醫院，那若、格桑玉珍、才桑，手捧哈達和鮮花站立在醫院的門口等候英雄央吉的歸來。之於「英雄」這個詞，央吉一直認為給予自己是奢侈的。她就是喜歡這項運動，她用雙足丈量的每一寸雪峰都是生活中的一部分，她也情鍾於雪山，只有在那海拔最高的聖潔的頂端，才能折映出活著的意義。

不過在跟那若相擁的時候，央吉感應到在轉經路上送別時那若滂沱的淚滴。

最終診斷的結果是必須雙足截肢，否則會在短時間內影響到內在機理危及生命。

「該走的路都已經走完了，可失卻還將重來。」央吉微笑中的語言，讓那若、才桑兩位男子漢都自慚形穢：「她簡直就是一位空行中的度母！」走出醫院的當兒，才桑對那若說。

手術開始的那天，病床上的央吉接受了跟那若相識、相戀以來的第一個悠長之吻。那吻是如此地甜蜜，滋養。弄得央吉似乎有要飛的感覺。當然這對於那若也是第一次：這世間似乎沒有比這更聖潔醇厚的了。想到這裡，兩個人的臉上都滿布潮紅。

「請允許我攙扶您一生！」那若突如其來的一句話，弄得央吉措手不及。

「我願意！」

此刻央吉的回答似乎只有自己能夠聽到。

麻醉過後，在手術的過程中，央吉望見那若正手捧熠輝的金屬拐杖向自己走來。那杖上是他親手雕刻的條條連綴的格桑；另一支上面是那若的詩句〈今生，我願做您的雙拐〉：

今生，我願做您的雙拐
這篤定的喜悅有金屬的質地
只要您願意，我還會將蒼茫迎入室內

我們接受空行
在自己的屬地，做兩段密不可分的紋理

「醒來的時候，我必將失卻雙足。」努力地，央吉睜開了雙眼，面前的那若、玉珍、才桑，臉上都掛著笑。她想找一個合適的空間，跟那若講夢中的場景。

但麻醉過後的疼痛，還是一次次讓這位年輕的姑娘痛心不已。她在刻意尋找關於雙足的一絲一縷的記憶；每一縷的記憶反過來又是場刻骨的遺憾。唯一能夠安慰自身的是那雪山頂端的白門。那在細微洞開的白門，讓她看見了往生的喜悅。而今世，必將還有無數的門檻等待自己去尋找和邁越。

央吉期待著！

第十二章

1

暮秋中的拉薩城透射出一層祥和的光。拉薩河畔的紅柳已經金黃一片，河床上曾經喧囂騷動的河水，如今寧靜得如佛像前潔耀的哈達。頭頂上一劃而過的紅嘴鷗，像一個個快樂著的孩子，在告訴那若，今世美好如初。

只是作為詩人的那若，如何才能從這一次次痛傷中解脫？一篇篇詩稿，一圈圈轉經，他為故去的現世的愛著的人虔心祈禱。斯玲阿佳的意外故去，他認為跟自己有直接的關係，如果當初哪怕有一點的表示，癡情的阿佳或許就不會行走在去樟木的路上，行在路上的斯玲央措又怎會神情恍然？這壓在心底的折磨，那若未曾跟任何人說起過，是不是應了那句話：失去了才想到珍惜。那若認為不是這樣的，他深愛斯玲，只是未來得及表達。那是個能讓他為之獻出生命的人，後來的放生羊給他帶來些許的慰藉，通過它那若望見斯玲清澈如昨的眼眸，可誰說那又不是另外一層意義的折磨？

他相信此生不會有再一場的愛了，所以辭掉工作回到牧場，他難以說清那是種鎖閉還是釋放？許多的事情都是覆了層膜的，你不能啟開，如果啟開了或許就透露了天機。一次次透露了天機的人，生命還能不能把握？顯然這是層透明的膜。

再如果說是詩歌拯救了自己，那若唯有無語。分明，將這生命中的點滴憂傷和喜悅以文字的形式給予表述繼而昇華，就如那些影藏在山岩中的花兒，沐浴在高海拔山頂的蟲兒，你未曾見，但那些美好就世代生活在那兒。那麼就不能定義說，寫詩是在尋找一種現實的出口，現實裡說還有些糾結。就如這跟斯玲央措的愛，不能說愛了就能有個夢幻的幸福的結果。

但那若享受創作詩歌的過程，那時光寂靜、那空域透明、那句子飄浮在空中，自己只是位細緻的工匠，將那些個詞句安臥在光潔的紙、幽曠的牧場上。此生沒有比這更有意義的事情了，那麼行走在拉薩街頭的那若是沉默的了。

是在那如紙張般的牧場，那若邂逅了這夢幻中的美麗姑娘——央吉。

她是一位令人一見如故的女孩；確切說，就是牧場上天然的詩句。他們默契地生活在各自的屬地，通過眼神、舉止，相遇、相知在一起。他們視愛為彼此的唯一，就如那紫色針柔花瓣上的露水，你只能用心跟它交流和訴說。永不要碰觸，一碰即碎的是彼此在塵世的淚滴。

他也一直認為，央吉是他此生註定的詩友。只是他是用手而央吉是用雙足罷了；他以詩紙央吉以雪山和冰川罷了。如果以這樣的形式界定，那麼央吉註定是位真正意義的詩人。而如今，那位用雙足在寫作的人卻失去了雙足。

河風陡起，那些金色的葉片飄墜在彎彎的河面上順流而去。那若突然意識到失去了雙足，詩還在那兒，生命還在流淌。有央吉在，美麗的愛還在那兒。有我在，央吉的希望和幸福就在這兒！於是，迎著蒼茫的拉薩河風沙，那若堅定地向央吉的病房走去。

2

如果說愛也有起始的話，那麼如今的央吉愛的是那樣濃烈。

僅僅一個上午未見到那若，她就心神不定起來。她牽掛著他，甚至忽略了已經失卻的雙足。她無數次想見過未來的生活，就陪在那若身邊，聽他讀剛剛寫就的詩句，為他洗衣、為他做飯。就是不曾想見殘損過後的體會給自己和那若帶去怎樣的無奈和負擔。

這是個事實，也是即將要面臨的事情。但預見了又能怎樣呢？那份獨自一人時心碎的空茫的感知，只有滔滔的淚水才能舒緩。

對於過去的選擇，央吉沒有一絲的後悔。她認為那都是她該做的事情，都已經數次觸摸過死亡玲瓏的臉，還有什麼過不去的呢？那麼現在首先要做的是收斂這顆漂泊的心，細緻身邊的愛跟生活。

「我們的放生羊呢，它還好嗎？」

「嗯，都不問問我剛才都去了哪裡，也不關心關心自己的身體，就想著放生羊了。因為你的手術，這些日子就將它圈在羊圈裡，有阿媽啦在照料。等過些日子你好些了，我們一起陪它轉經。」

「是要在輪椅上轉經嗎？」

「不，是我背著你轉經。」

「那您能背上我一輩子嗎？」

「當然，就背你一輩子，永不分離！」

說到這裡，央吉和那若的臉上都掛上了久違的淚花。

為了更方便照顧央吉，那若將店面交給雇工打理，自己則搬到了央吉的病房中。術後的疼痛是徹骨的，那若就握緊央吉的手陪伴她一刻一秒。偶爾回趟家，他要做的就是從銀飾匠那裡借來工具，在那雙特製的金屬拐杖上雕刻連綴的格桑和央吉夢中的詩句。

而央吉請他幫助打開隨身攜帶的小包，是一只靜臥的菊螺。這生活在三億七千萬年前的美麗生物是央吉在珠峰下撤的途中撿拾的。外觀看上去就是塊粗糲的石頭，當旋開來時，那若還是被驚呆了！那由裡到外一層層細緻的紋理，天然吻合的螺蓋；甚至因為滄海陸變做高山的瞬間演繹，那螺身上的肌汁就隱染在紋理處，恰讓人感覺到那死亡來臨時的定格和掙扎。

「快聞聞，還能嗅到遠古的氣息呢。」

聽到央吉的聲音，那若才恍過神來。將鼻翼貼在螺心：

「嗯，我嗅到了三億年前大海的腥味。要有多少的感恩和愛才能沉澱到這一刻才能與您我相見。有喜馬拉雅作證，這三億年前的海潮作證，等您出院後，我將娶您！」

說著，那若將菊螺貼近央吉的耳廓，請她傾聽那遠古的跟心率一起跳動的潮聲。央吉的心醉了，將自己的額緊緊地靠在那若的胸前。

病床外，簌簌的雪開始飄墜空谷，那若為央吉掖了掖被角，就著橘色的燈光寫就了跟央吉分別之後的第一首詩，〈暮色四合，蓮瓣四合〉：

一、梵音密佈

請將這失明的人，領至寺院的頂層，聽過往的風
行走的風
望過往的雲，行走的雲
聽梵音的頌歌，行走的頌歌
請將這拉薩城最後的一抹餘暉，塗抹在我蒼然的額際
我落淚的時候，請不要侍立身邊
我匍匐的時候，城門必將洞開

二、暮色四合

律動不息，我合十的雙掌將暮色四合
近處的山巒，像幻象的故人在清明日復活
急不可耐啊！赴死的病人陪護左右
左手桃枝、右手牧笛，一路黑邊一路白燭
愛人，你可還在天方俟我

三、將死

一身素衣，失明的人，逡遊在節口的燈河
過世的孩子躲沒角落
那些柔軟的光滑的身骨，是你我來世的血肉

城內的失憶、孤淒，煙燻的塊狀酴醾
壘砌胸口，所以愛人，請別在猶豫

四、蓮瓣四合

梵音密佈，拉薩無明的城闕
喜悅地，聽過往的風，凝神的風；望過往的雲
滌心的雲；聽梵音的頌歌，這萬世的頌歌

舊影綽綽，我們回家
一片片地
蓮瓣四合

3

八曲河西岸的白馬啊！
我沒有金色的馬鞍
也置不起五彩的轡繩
你依舊會跨過河水啊！
徜徉在我身旁。

離家數載，央吉還是第一次在那若的陪護下回到巴塘回到故里。沒來之前，她跟那若第一次說了故鄉的往事，她早就原諒了繼父和阿媽啦曾經對待自己的種種。當初阿媽啦為阿弟的事情在電話中給她道過歉，作為兒女的又能說什麼？這次的手術，除了那若在身邊，就是業已讀初二的妹妹邊瑪了，是阿媽啦為她辦理的請假手續。

回到母校的那日，天空知情地飄著雪。還是那個校舍，還是燒牛糞的取暖爐，當年就是在這裡央吉做出了離家出走的決定。這個改變了她一生的決定啊，回味起來是那樣地蒼然！學校知道登臨珠峰的「英雄」歸來，還是為她舉行了場歡迎會。只是坐在輪椅上的央吉始終沉默，她不是不領校方的情誼，在她的心底能夠回來，能夠將那些許的屬於自己和故土的回憶一一喚醒，就足夠溫馨了。

而第一次到藏東來的那若，卻顯得像個孩子般的興奮，歡迎會上他即興朗誦了一首獻給央吉的詩作，還煞有介事地為孩子們講了堂倉央嘉措詩歌。這精彩的一課央吉也是第一次聽到，當講到那句：「那一世，我轉山、轉水、轉佛塔啊！不為修來世，只為途中能與您相見」時那若投向後排央吉的眼神，虔誠而又熱烈。

晚上，居住在少女時的閣樓，央吉還是幽幽地流下眼淚，慈祥的爸啦就是在這裡看著她一天天長大，教她跳舞教她唱歌。還有那瓶帶有青蘋果味兒的洗髮水；一想到這兒央吉又感覺到無比的幸福。她親手將爸啦畫的洗髮圖奉在了珠峰，也是因為那無盡的思念無處寄託。

確切地說，央吉是位感性的姑娘。這一次的回鄉，不知何時還能再往。於是就請那若推著她走遍了曾經生活過的每一處地方。「人之一生，除了珍惜就剩下回憶了。」這個用在年輕的央吉身上並不恰當。她的尋找，是為再次的告別；從離家出走的那一刻起，她就沒想到過回來，如今能在那若和他的愛的陪護下再次涉足，她認為是場理性的回歸。

阿媽啦可不會想到這些，除了弄些好吃的食物外，就是不停地擦著眼淚。念叨著上天為何對女兒如此不公？不過，作為母親能見英俊成熟的那若成為自家的女婿，心底裡又是滿足的。只是不能當著他們在臉上表露出來。繼父顯然丟棄了往日的威嚴，不停地跟那若套著近乎。將秋日攢下的自家核桃搬出來請他們品嘗。

看到阿媽啦跟繼父能夠這樣相守一生，央吉確信這世界有它的兩面。但這樣的相守駕馭在別人的痛苦之上無論如何央吉都理解不了。至少她跟那若的愛就不會這樣。

一度沉靜的那若，好像把這個給央吉帶來太多悲傷的家，當成了幸福的源泉，每日樂呵呵的。這個不光讓繼父和阿媽啦搞不懂，連央吉甚至那若自己也搞不懂。唯一的解釋是，他從小的顛沛流離，直到拉薩的寄居。不管怎樣理解，斯玲央措阿佳的家，並不是同自身與生俱來的。似乎總有層說不清道不明的膜貼在中間。而如今他跟央吉的關係，無論是誰都將他當成這裡的一份子了，所以他快樂，像個孩子一樣。當然也是發自內心地想讓央吉喜悅起來；沉重不是他們此行的目的。

4

將婚禮的現場設置在拉薩市中心的喜德林廢墟，是央吉的意思。這個跟宗教不存在關係，央吉喜歡這滄桑的背景，同樣作為詩人的那若認為不會有比這更適合婚禮的場地了：層層疊疊的殘垣，斑駁、古舊的壁畫；煙燻的樑木，牆角幾支格桑的舊影和餘香；站立在廢墟的土坡上，又能見西邊不遠處布達拉宮的金頂和東方的小昭寺冉冉的桑煙。

婚禮又被刻意選擇在晨光微曦的時刻，薄雪覆蓋，清冷洇染。那一層拉薩特有的玫瑰紅，開啟在每個人的額頂。地面鋪展整張絨紅的地毯，白的雪、紅的地，親友們的笑臉，註定讓這場婚禮充滿聖潔和喜悅。

從凌晨三時半開始，伴娘格桑玉珍和藏大的拉姆、卓嘎她們就忙碌起來。這是個標準的拉薩舊時新娘的髮飾：陡起的髮簪、碩燦的寶石、更能襯托出央吉瘦削帶羞的臉。當然，這近一個時辰的髮飾沒有格桑玉珍母親現場的指點可弄不出來。老人家就坐在梳妝檯的旁邊，那仔細的神態讓央吉心生感動。

有才桑、旺堆和桑傑在場，大家能夠想像出新郎那若的裝束。與其說是婚裝，倒不如說是為婚禮中的堆協舞準備的更確切些。最重要的，腰間那把藏刀依舊是小時候爸啦送給他的，還有就是央吉贈予他的那顆祖傳綠松石，被刻意地顯露在胸前。頭頂再飾以鮮紅的英雄結，那若就是人群中的雄鷹，這是大家公認的。

漸漸地，在晨曦褪去的瞬間。作為那若和央吉共同朋友的才桑朗誦了那若專為這場婚禮準備的詩句：

這時節，親友們在陽光中看到
愛人面生初雪
在絨紅的地毯上
愛人莊嚴了時光
在喜德林懷舊的胸口
愛人，脫去雙足，一起做淨空的舞蹈

於是，未有邀請，大家將央吉和那若環在絨紅的中央，挽動輪椅，在拉薩的初光裡，在喜德林的舊夢中翩然舞蹈。斟滿祝福的青稞酒、酥油茶，蕩漾在唇沿。遠道而來的央吉的繼父和阿媽啦，臉上是滿足的折疊的笑。那隻同樣被當成伴娘的放生羊，耳朵上新換了紅布條，在大家的歌舞聲中，沒入廢墟的深處，尋找薄雪下尚綠的葉片去了。

臨近中午，知意的天空飄起潔透的雪。央吉請才桑遞過舊木的紮年琴，撥動久違的曲子。早就準備好的二胡、揚琴、笛子被阿匞庍朗瑪廳的旺堆、桑傑、才桑們演繹開來，那若客串的是綴鈴。一場小型的室外現場音樂會從他們的指尖、口中傳揚開來，有時候那若會根據樂曲的情節放開歌喉。

這忘我的場景，讓雪下得越來越大，密密匝匝地邊外聚集了前來傾聽的人。

「是時候了。」望著已經蒙矓一片的婚禮現場，那若知道喜歡蒼茫的央吉的想法，於是在眾人的目送下，推起央吉，向「鋪設」一新的八廓街走去。

「回家，我們回家！」聽著揚起頭，央吉癡然的聲音，那若含著淚俯下身子，給她神情的一吻。

第十三章

1

因為那場雪，因為那場浪漫而又幸福的婚禮，格桑玉珍患了小感冒；除了咳嗽，頭有微微的脹痛。睡了個懶覺起來，都快十點了，就一個人踏著八廓街還未被完全掃除的雪來到熱氣騰騰的達吉甜茶館，對著門口坐下，要了壺茶和幾片點心。

進來的人，幾乎人手一只轉經筒，頌唱經文。看看他們油乎乎的轉經筒柄，再看看他們刀刻般滿布皺紋的臉，玉珍有種幸福的感知。只不大一會功夫，達吉茶室似乎成為一個偌大的經堂。落座在這裡的每個人，都是那樣的慈祥、安寧。那外面的雪，也好像專為這茶室所下的。回過頭來再想想昨日那若和央吉美好的婚禮，格桑笑了，亦如度母般。

想來是客人太多的緣故，叫達珍的老闆娘就坐到燒牛糞的火爐邊切起蘿蔔絲。忙忙碌碌的她渾身見不到一星的油漬，邦典上的條紋依舊鮮豔如初。頭頂上的那顆碩大的蜜蠟顯然是有些年頭了；那古舊的光澤更襯托了達吉素面又略顯潮紅的臉。就連她切蘿蔔絲的動作也是那麼經典，粗細一致，大小勻稱，邊角的不夠長度的寧可不要，也不曾混到切好的盆子中。

「太陽出來了，太陽出來了。」一個八九歲估摸是達吉女兒的小卓瑪叫著將靠街的窗簾拉起了一角。久違的陽光一下子瀉落在火爐的膛心和一位在閉緊眼睛誦經的阿媽啦臉上；弄得她放慢了轉經筒的速度，睜了下眼睛，也就是一下就又閉上，繼續她百年的經聲。

「陽光可真出來了。」望著剛才的一幕，格桑將最後一口茶喝下，發現感冒症狀在這一刻好了。於是獨自一人搭上公交車向羊達鄉的玉珍莊園。

說來奇怪，在才桑為她構築的這座藝術莊園裡，她居然畫不出一幅完整的作品。無論室外如何地空曠寧靜，但就進入不了自己的心間。一到這裡，目光所及的盡是跟才桑的纏綿。所以格桑玉珍感覺很多的時候自己看不清自己，也不十分瞭解自己。唯一能在這裡找到平衡慰藉的看來就是這隻叫羅布的銀狐了，每次將它的臉跟自個貼到一起，瞬息就有種所謂自然的靈性的東西罩住全身。讓你想起，作為動物與生俱來的溫暖！那麼外在的冰寒的時空和生活也是可以感化的了。

幾天前，格桑玉珍就跟才桑說好了的，等過了央吉她們的婚禮就將畫唐卡的材料一併搬回到八廓街的工作室。才桑雖有不解、不捨，但他理解玉珍的性情，只是回說不敢見她離去的身影和空蕩的房間，所以就不會來送別。

事實上，玉珍跟才桑的感情未曾出現任何的問題，玉珍就是想在老房子中找回過去繪畫的靈感，就是想回到固有的個人的空間。作為唐卡藝術的傳人，失去了藝術也就失去了生命。她跟才桑的故事，是溫馨的、柔情的，但那就只是故事，如果讓兩個人真正一輩子生活在一起，玉珍認為是怪異的事情；估計才桑也會有類似的想法。並不是說相戀了就一定要結婚。對於婚姻和家庭來說，他們更注重於自己的空間；就是不從藝術的角度考量，如果讓他們終日為柴米油鹽的所謂瑣事忙碌，格桑玉珍認為她將會瘋掉。

需要的時候就走到一起，沒有必要因為婚姻擠壓彼此營造已久的獨立空間。同樣，那若跟央吉的結合，不屬這類範疇。央吉是個將行走和生活藝術化了的人。她所達到的藝術和生活高度沒有幾個人能夠企及。所以她能看得開，能夠將生活更加細緻，將愛演繹的更加貼心和真實。而那若是因為失卻，而更加珍惜；因為詩歌而變得通透。這樣的兩個人結合在一起，會讓拉薩城的午雪都生動起來！不是已經發生了嗎？

想到這裡，玉珍捧起銀狐羅布的小臉，貼了貼，淚流滿面。

2

分明是要將燃燈節的光河，引入到自家的窗口。

虔淨的格桑玉珍，為此準備了很久。天是早已經黑了，她就俯在靠街的窗臺上，望那越點越多的燈和越聚越多的人流。今天的拉薩城，今天的八廓街可不同以往，打從藏區各地趕來的信眾大約有上百萬之多。一隊隊的匯流成河。通過他們的裝束，格桑玉珍能夠分辨出他們是來自康區還是安多、阿里的。

佛性似乎在這一天能夠被完全開啟和點燃。已經沐浴在光河中的玉珍唱響經文，將為此準備了整天的酥油燈一一點燃。望著這被接入的光河，她感知是幸福的。於是走下舊樓，真實融入到摩肩接踵的人流中。

格桑玉珍為能出生在這座城市而感到自在和驕傲。從大昭寺延伸出的囊廓、八廓街、林廓，三條同心圓的轉經路，將拉薩的神性鑲嵌在雪域高原的腹地。每天有這些世代絡繹不絕的轉經人，格桑會感受到無比的寧靜和安詳。於是連羊兒都有了靈性！玉珍想到了那若的放生羊。

老白塔、瑪姬阿米、郎夏孜……，這一處處不知走了多少次、多少年的石板路，讓玉珍觸扶到佛性的光芒和溫暖！將這光芒和溫暖繪入到度母唐卡的作品中，格桑玉珍做到了，但她感恩於這無處不在的神性賜予。她堅信天賦和努力，但那光無處不在。

當然才桑也行走在這光河中。

大昭寺樓層錯落有致的酥油燈搖曳出一條通天的道路。而那道路的盡頭就透明在門外熊熊迷漫的桑煙裡。

這一天，才桑不去想他跟玉珍的事情，聚散兩依，何況他們並未曾聚散。只是讓各自回到彼此故去的時光裡，觸摸自己。

所以在一浪高過一浪的宏偉誦經聲中，在酥油燈搖曳有致的頻率中，才桑路過了格桑玉珍恢弘的窗口。他知道玉珍此刻要不在窗口沉默，要不就在自己不遠的地方轉經，第幾圈了？他和玉珍不會在意、細數。

輪椅中的央吉也行走在這光河中。身後的那若一遍遍地俯在她的耳後說：

我們時時期盼這燃燈的節
在這光的河口，誰是身姿修長的魚
蓮花陡升
那低垂的，是這剔透的光影

確然是個幻化的節日！聽著那若哲理的詩句，望著兩側央央的燈火，央吉想。

在這金頂寺廟的頂層可有雪山通亮的門環？那一座座讓自己失去雙足卻又長上翅膀的雪山。不自覺地央吉將手緊緊地扣在輪椅上，此時她無法跟那若說出自身的感受，結果指尖就觸在他為她雕刻的連綴一起的格桑花上。她糾結的心終於釋緩下來，重新將有些亂了的髮絲用指尖梳整了下，微笑著守護光河口，那身姿修長的那若的魚。

3

或許是因為喜德林婚禮上的那場雪，或許是因為真的蒼老了，放生羊並不知道這一天是燃燈節。那若和央吉出門前為它準備了豐盛的食物，但並沒有要帶它一起轉經的意思，街上的人太多了，又要照顧央吉又要照顧它，那若感覺到吃力。

不同於以往，放生羊什麼都沒吃，就頂開了虛掩的羊圈的柵欄門，來到了近在咫尺的八廓街上，融入到轉經的人流。打從第一次被那若帶著在長長的林廓路上轉經開始，它認為脫離了遼闊的安多牧場，這裡就是它一生的路了。的確所有人包括所有的羊都認為它是幸運的，免去了被宰殺的命運，又可以自由行走在人行的道上。其實它不這樣認為，既然有佛光的存在，作為眾生之一，它也享有朝佛的權力，它也能在佛的光河裡為眾生祈禱和超度。那若將它看成是斯玲央措的化生，不就是最好的解答嗎？

說真的，她不知道斯玲央措的模樣，那若說她的眼睛跟自己一樣透徹。這就足夠了，那女孩一定是人間最美最善的姑娘，否則那若將給予她的愛轉接到自己身上時，那份柔腸的表露已經深深感應！所以，自己才是最幸福的，因為有愛，有這來自人間的真愛。

它參與了那場雪花中的浪漫婚禮，它終見了主人的幸福。也是從那天開始，它感覺到自己一夜間病了。這病始自骨髓始自心底，似乎在人間的路將要到達終點了。想到這裡它有種喜悅。

融入到燃燈節的光河中，已經是第三圈了。很奇怪，它也不懂自己如何能跟人一樣記住轉經的圈數。以前在轉林廓的時候它總是走在路的邊上，今天它為自己改變了一次，就行在人流的中心、八廓街的中心。轉經朝聖的人顯然都注意到了自己，所以那麼擁擠還是主動給自己讓出道來。有兩位學生模樣的拉薩女孩還主動站到了自己的前頭提醒著他人。

耳朵上的紅布條和身上的朱砂是那若婚禮前央吉幫助塗掛上的。那一天他們將自己當成了她的伴娘。不過在雪飄的那刻，它還是怯場了，那畢竟是人類的婚禮，又是那樣地浪漫和純真，它作為一個異類（雖然那若和央吉不會這樣看）怎麼可以讓他們產生一絲的無奈和遺憾呢。所以在大家陶醉的時刻，它走進了喜德林的廢墟，尋找薄雪下尚綠的青草。那些帶有冬天氣息的食物，讓它感覺到這婚禮的確有它不同的味道。

現在，放生羊隨著人流轉到大昭寺的門口。

它抬眼望了望窗口和寺頂的燈河，不存半點的猶豫，就再跟隨人類向寺內走去。依舊的沒有人阻攔，一些老阿媽見到它還會駐下足，合十雙掌，祈誦經文。說真的途經一樓的大殿，它不知道那個萬人禮拜的金尊就是此生圍他轉經的佛陀。甚至樓內混重的酥油煙霧讓它感覺到窒息。當然，在二樓，它依舊不解端坐千年的松贊干布和文成、赤尊公主的法相。

直到頂層的時候，它看見了好像是無數的紅衣喇嘛在吹響法號念動經文。就像感覺不出這光的灼目一樣，它也感覺不到喧囂。

從頂樓望向大昭寺廣場，在人山人海的人流中，它居然尋見了那若和輪椅中的央吉。還看見那若不時地貼近央吉的耳畔說著：

我們時時期盼這燃燈的節
在這光的河口，誰是身姿修長的魚
蓮花陡升
那低垂的，是這剔透的光影

這真當是奇異的事情！放生羊感知如果再這樣望下去，自己就真的成為人類了，甚至超出人類的感官。所以，當下它應該做的就是躺在唱頌歌的喇嘛的腳下，緊閉眼睛。慢慢地、緩緩地，放生羊困頓下來；它終於見到了那若用一生在思念的斯玲央措的模樣。

「真的跟自己有點像呢。」放生羊喜悅地笑了，跟斯玲打起招呼。那剛剛還站立在眼前的斯玲央措的身形瞬間碎了。這一刻，它才真正懂得自己做不了人類。但它還是能夠感知到傷心，所以哭了。那大顆大顆的淚滴到喇嘛絨紅色的袈裟上。滴得多了，喇嘛才好像發覺了什麼，俯下身子，放生羊已經永遠睡在了這金頂寺廟的頂層。

它的今生踐行著後世！

4

「明天有空嗎？能不能幫我來照顧央吉一天？」

「沒有空也要來，好久未見到她了，蠻想念的。」

那若在跟格桑玉珍通過電話後，就開始收拾簡單的行裝，準備第二日出發去安多家鄉了。

放生羊的離去，並不會給他和央吉帶來多少痛苦。它去了它應該去的地方。八廓街就那麼長，當有人在燃燈節的第二日告訴他們放生羊的故事後，那若還是跟央吉和阿媽啦一起為它舉行了超度的法事。繼而決定能否回到牧場找爸啦再要一隻放生。這決定是否有悖於剛剛離世的放生羊的意願，那若不敢想，但此刻他就是想回趟牧場，回到那處久違的空間。

玉珍沒到來之前，央吉還是試著自己起身通過雙手的力量將身子挪到輪椅上，然後到廚房為朋友打筒酥油早茶。這平時在那若的幫助下，看起來很簡單的動作，今天做起來卻如此吃力，以至於一下子跌到了地上。這一刻，央吉才真正意識到自己的軟弱，失去了雙足，同時也就缺失了與生俱來的某種力量。有那若在身邊的時候，她從未考慮過這些，甚至她喜歡一次次那若將自己抱來抱去的，那樣她才可以跟他的身體摩挲在一起，那份感覺，是用單純的愛字表述不清楚的。她有時認為，失卻了的是為了再次的擁有。這不，那若寬厚溫暖的懷抱就是最貼切的擁有。她享受，也感恩！

推門進來的格桑玉珍還是被眼前的景象弄得呆了：央吉被夾在床和輪椅中間，再次試圖挪到輪椅中去，結果輪椅翻了，重重地砸到了額角，血瞬間滲了出來。這一幕的發生，連玉珍都來不及反應。連忙奔過去將央吉抱到床上，再找來紙巾先按在額頭，再在抽屜裡翻尋包紮的藥具。做這些的時候，玉珍哭了。但又不能流露出來，只是不停地安慰著央吉。

「與其這樣活著，不如死了的好。連這樣的小事情都做不了，阿佳，我不能靠別人一輩子啊！」

「快別這樣說。不管到什麼時候，你都是阿佳心中的英雄。失去了是為了重新擁有。你現在的生活阿佳還羨慕不過來呢。看看那個那若把你疼的，就是他懷中的寶啊！阿佳如果有一天到你這一步，有那若這樣的愛人，也就知足了。」說著，玉珍倒了杯溫水遞到央吉的手中。

「就阿佳您嘴巧，說到我心坎上了，可問題是那若也有自己的事情。我總不能一輩子靠他照顧；從雪山上下來到現在，你見他瘦了許多。很多時候我不忍心呢。可又沒有辦法，所以我想，我還是要自己坐進輪椅，將來還要站起來，去看你畫唐卡，看才桑他們的朗瑪。再或許我還能再次登臨雪山呢。雪山奪走了我的雙足，就必須請它再還給我！阿佳，你說我能做得到嗎？」

「這世間，就沒有我們的央吉做不到的事情。無論是生活、登山還是愛情，你都是阿佳心中的標杆。想想除了畫唐卡，姐姐這一生都不能夠超越您了。當您有一天真正走出這間屋子，阿佳就陪你去找雪山，要回我們失去的。」說到這裡，央吉將頭深深埋進玉珍的懷裡，她們的臉上都掛著淺淺的笑意。

那若在牧場尋了一個上午也沒有尋到心目中的放生羊，其實這次回安多家鄉，說成是習慣性思維更確切些。斯玲央措阿佳走了，他收穫了靈性的放生羊，放生羊走了，他再次收穫了央吉和她純真的愛。他為此已經滿足了；幸福無時不洋溢在心間。那麼尋到尋不到再一隻的放生羊，並不重要。仔細想想，美麗的央吉不就是他生命中的放生羊嗎？他們彼此的給予，既是生命的輪迴，在這個過程中，生死也變得並不那麼重要。相擁的一刻，時光陡然！所以他固執地認為，失去了雙足的央吉比以往更加美麗。就像一枚成熟了的脫離枝頭的果子，離開母體的一刻彼此喜悅。

想到雙足，牧場上的那若又為央吉擔心起來；他擔心對自己依賴性極強的她能否在玉珍的照料下安心生活。所以不等阿媽啦煮好第二天的早飯，就早早起身，駕上車子向拉薩城駛來。或許他還會帶上央吉重回這即將落雪的牧場。

第十四章

1

白色的花朵盛開在雪山
我的心像雪山一樣純淨
紅色的花朵盛開在岩石上
我的心像紅岩一樣溫暖
綠色的花朵開在水中
我的心像河水般柔軟

拄著雙拐久久站立在風雪茫茫的安多草原上，央吉流著幸福的淚哼唱著。接著她拋開雙拐匍匐在雪地中，將臉整個地埋進雪叢。

從巴塘中學離家出走的寒夜，到巍巍雪山頂端的白門，再到蒼茫的雅魯藏布江邊和如今的深冬裡的安多草原，這恍若傳奇的人生，就像是為了跟這生靈的雪邂逅、相擁而後溫暖。

在雪中，她才能見到前生後世疊加的花瓣。

所以央吉並不感覺到太多的孤獨。那麼如今有了那若屹立在身邊，她想她是幸福的人兒。

其實那若就一直斜倚在黑帳篷外的木柵上，關愛地望著匍匐在雪中的央吉。阿媽啦在熬製酥油茶，爸啦在年復一年地唱著經文、搖動經筒。

「她是我斷了翅的空行母，但現在她擁有了金屬的翅膀。她墜落或者翱翔，我將用自己生命呵護在她的身旁。」

於是那若將髮絲間剛剛飄下的雪片抖了一下，一步步地靠近雪窩中的央吉，共聲唱起：「白色的花朵盛開在雪山，我的心像雪山一樣純淨……」

雪，開始大片飄墜下來。央吉掩飾著自己的興奮，請那若一起往茫茫的雪原邁進。他們肩並著肩沉默著，任憑雪片將身體包裹起來。直到那些早起的犛牛都被這突來的大雪驚得往回趕，央吉才滿足地，氣喘吁吁地躺在那若溫暖的背上，向帳篷走去。

「剛才，我望見滿草原的孩子，凍紅了小臉，叫我阿媽啦，要跟我回家。可現在一轉身，他們就不見了的。」

聽央吉這樣一說，那若環在她腰際的手環得更緊了。

「嗯，那些都是你我的孩子，比犛牛還多的孩子。你看你看，他們在撫我的臉了，在搓鬍茬了。還有。還有……」

還有，央吉將放在那若鬍茬上的手收了回來，身子向上挪了挪，然後扳過那若的臉在上面深深地吻了一口。久久未曾放鬆。

坐在火爐的近旁，喝著阿媽啦端過來的滾燙的酥油茶，央吉隆重地將格桑玉珍贈她的白度母唐卡轉贈給已經皈依了的爸啦。

「嗡達瑞度達瑞嗦哈！嗡達瑞度達瑞嗦哈！嗡達瑞度達瑞嗦哈！……」接到這樣的饋贈，爸啦的手顫動起來。當他在阿媽啦的幫助下展開畫軸，望見度母似乎能夠穿透一切的眼神時。連忙跪了下來，雙手在衣襟上擦了擦，將額深深地觸在唐卡的底部，不絕聲地念動經文。他不能理解，唐卡中的人物怎麼能畫出真人的眼神，作為俗世中的他居然不敢面視；甚至無論站立在哪個角度，她都會慈愛地望著你，給你萬般的憐愛和溫暖！顯然阿媽啦也注意到了這點，跟他一起虔誠地跪俯！

這時候，一束光通過煙囪處的洞口透射到唐卡，然後是火爐上。雪止了，坐在氌氌上央吉趕緊解開帳篷上的小窗，白皚皚的，雪和陽光一樣地耀目。

2

誰也不曾想到，才桑會重新組建起朗瑪姬度。

他將阿匹底朗瑪廳交給桑傑打理，帶上旺堆和藏大已經畢業了的兩位卓瑪開始大街小巷的演出。每逢節慶的日子，八廓街上行走的就不全都是轉經人；他們吹起竹笛，拉起紮年和京胡，甚至還有手風琴的身影。於是街面上又能聽到〈甲令色〉〈達瓦雄奴〉和阿覺朗傑通過藏戲改編的：〈長松啦〉、〈強喬啦〉、〈崗巴拉姆〉等堆協歌曲。

甲令色啦
甲珠林是個小聖地
過去只聽人說起
想不到甲珠村的小少爺
今天卻和我難分難捨
想帶我走，我就跟你走
若不想帶我，我就留
那你需留下藏銀兩百五

當這些曾經膾炙人口的歌聲，再次響起在拉薩街頭的時候，一些上了年歲的老人，邊顫巍巍地跟上樂隊，邊不停地擦起眼角。或許是不明朗瑪姬度的前生和未來，才桑要求吉度的所有成員必須穿藏裝的同時，在演出時也必須低下頭。於是他們的吉度又有了個刻心的名字，叫「沉默吉度」。特別是每週一次的布宮廣場音樂會，大家在臨時搭建的木臺上，自始至終地低垂頭，沒有主持，一曲接一曲的演繹；有時是歌曲，有時是獨奏、合奏，甚至還有一些當下印度流行的帶有憂傷情調的音樂。但不管是什麼曲目，布宮廣場那人山人海的場面，讓你感覺好似拉薩城所有朗瑪廳的客人都匯聚到了這裡。那麼在冬季，在風雪中沉默的演繹一時會弄得大家喘不過氣來，繼而是一種群體的釋放：掌聲，台下瘋狂的舞蹈聲能夠止住風、將天上的雪片接入面頰和胸襟。

臺上，那位主奏紮年琴的姑娘，不是別人，就是輪椅中的央吉。打從安多牧場回來，她未曾錯過這每週一場的音樂盛宴。她的旁邊依舊是那位只會綴鈴的詩人那若，雪花飄來的瞬間，他們總會相視一笑，將彼此的甜蜜含在心底。

這世間，一些付出並不需要收穫。

長期聚聚散散的生活，格桑玉珍並不知道才桑真實的想法。或許會在藏區各地開他的阿医底分店呢。當有一日在舊樓繪製唐卡的她聽見八廓街面傳來的悠悠音樂聲，她探出了身子：那真實驚魂的一幕，佇列中顯得特別高大的才桑捧著手風琴，低垂著頭，可他們的歌聲是歡快的、彌心的：

白色的花朵盛開在雪山
我的心像雪山一樣純淨
紅色的花朵盛開在岩石上
我的心像紅岩一樣溫暖
綠色的花朵開在水中
我的心像河水般柔軟。

顯然，這是才桑從民間整理來的。望著他們迤邐而過的身影，玉珍俯在窗臺淚盈眼眶；或許只在這一刻，她才真正懂得才桑所做的一切。他是位高尚的、大愛的、為了藏地的民間藝術願意獻出所有的康巴漢子，他們此刻的低垂，註定是在等待明日的崛起！

想到這裡，玉珍用手背偕了下淚水，重新坐到度母的面前，望她尚未完成的輪廓。

那處第一次跟央吉邂逅的根培烏孜廢墟，才桑安排了兩位朗瑪姬度的會員，於是

在那高高的山腰，從此就有了不熄的燈火、卓瑪和紮西夜夜的歌舞，可曾喚醒拉薩城
沉睡的舊夢？

3

一

簡單地，我只是想跟你說說話
只想像小時侯那樣
讓你枕在我已酸痛的臂端
讓你跟我賭氣、跟我撒嬌
甚至允許你，將剩下半支的口紅
塗抹在我男性的唇瓣

二

因為我在看著你出生
看著明天的陽光扭曲成痛苦的條狀

看著母親：不，是你個人
在血霧中孤獨舞蹈
像這冬初的，高原上的葉子
搖擺著、掙扎著擁抱重生
或者死亡

三

所以，我想溯源
想你在羊水裡懵懂的狀態
想你安靜地坐擁時間
想你像豆苗一樣，不急著生長
想你的母親：不，是你個人
在歡愉的時候，接納種子
那時候，你將自己插滿盛夏的枝頭
你分不清自己跟母親的角色

你一次次把我當成你的孩子
伺我奶水
給我去雪山漫遊的理由

四

紅門，我看到你打從紅門裡探出的
嬌羞的身子
聽見你第一聲啼哭跟第一聲呻吟一樣
承載著快樂

那些不能到場的親人
在想像你初生的俊俏模樣
他們蟄居在黑裡
他們的掌心，都有一片被捲曲的葉子
他們站在雪山的頂端
淚濕眼眶

五

現在，我手撫殘碑
像看著你出生時那樣
想像你在一場場變故裡，能微笑著
擁抱死亡
想像，我又一次坐在清明的路口
看無數場災難
路過身旁

六

不知道痛楚
我的碎片被掛在漂泊的水土
看著出生的人
親手將我推進病得雪白的黑裡
第一次，我把自己捲曲成葉子的形狀

插滿高原初冬的枝頭
等一群白衣人
無語歸來

——〈我看著你出生〉

同樣災後重生的央吉讓那若看到了無比的希望！他將自己的心情以詩歌的方式表述出來。靜靜地在八廓街老房子中的酥油燈光裡，他為她朗誦了這首〈我看著你出生〉，當他讀到：

因為我在看著你出生
看著明天的陽光扭曲成痛苦的條狀
看著母親：不，是你個人
在血霧中孤獨舞蹈
像這冬初的，高原上的葉子
搖擺著、掙扎著擁抱重生
或者死亡

懷中的央吉還是幽幽地哭了。「這重生是您給予的，那若！再一次的被分娩，我看見的只有愛和光芒。所以，終將我會把這愛和光芒傳播出去，伴隨這窗外聖城的雪，就允許我們雕琢身邊細緻的生活。」

確然，作為詩人的那若早已經將央吉當成了自己唯一的詩行：

為了一睹你的容顏
我叩首來到了夢中的疆域
漫天的雪花告知我
你已步入聖潔的穹宇

從此
一種期待落在冰寒的季節
那麼就讓我的心
跟隨不息的河水輪迴
……

詩歌和生活，那若則更注重於生活的細節。他會在廚房裡幫助央吉一絲不苟地打製酥油茶；也能將土豆絲切到細得不能再細的程度；將他跟她的兩個人衣物花上半天的功夫去手洗。他告訴央吉，他喜歡手跟衣物揉觸的感覺，就像在揉觸彼此的肌膚。這話弄得央吉的臉兒微微地紅了。

之後，那若帶上央吉，飛到了夢中的泰姬陵。

在阿格拉濕潤的月色中，望著那關於愛情的最高禮祭！央吉將十指緊緊地跟那若扣在一起，同聲低頌：

瑪哈，我答應過給你世間最美的陵墓
這鑲嵌的萬顆寶石，是我不眠的眼睛，這百丈的白石是我的懷抱
這黑色的經文，是我念你的言語

我也必須囚禁在你心裡
死亡凝固在我心裡

4

旺加教練組織全體的登山隊學員，列隊歡迎回歸的央吉！

為了這個決定，央吉思考了很久：她還年輕，她不想永遠在那若的庇護下生活。還有，之於登山，她認為是自身命定的工作。曾經毫無理由地喜歡這種運動，又毫不畏懼地登臨一座座高峰。這些不是命定又能用什麼來解釋？她認定最高海拔的冰雪是一種沉默的誘惑，或者叫死亡的誘惑。但她不能迴避，也無從脫身。只有在那境界，她才能見意義上的白門，和白門內洞開的微光。那時候，她方感知生命是沉甸甸的，是通往未來的堅實基礎；而同時，也是在那境界，許多人又因此失卻了這沉甸甸的基礎；比如格桑德吉阿佳，比如現在被截去的雙足，比如從有登山運動開始，世界上成百的罹難在冰雪中的人們。

重新回到那曾經伴隨自己度過數個春秋的宿舍樓，央吉百感交集。一會兒觸觸厚厚的登山靴，一會兒拎起閃亮的冰爪，再拾起牆角的登山杖，在地面上走一圈：

「嗯，看來，這被那若雕刻上花兒和詩句的拐杖比登山杖實用多了。與其這樣不如當初就帶拐杖上去，或許這雙腳就不會失去呢。」這看似荒唐的想法，弄得自己不好意思地笑了。在一旁的旺加教練，也跟著笑將起來。

陽臺上的卓瑪花在幾度的風雪中早已經枯萎在花盆的土壤上。央吉顧不上這些，就找了塊抹布將陶製的盆沿擦拭了一遍。這承載了自己多少故事的花兒啊！無論漂行到哪裡，你就在這裡。

歸隊後的央吉，旺加安排她做了技術教練。這也是央吉要求的，對於文化課和理論方面的知識，這不是她的專長。通過自身的實踐和通俗的語言表達，她能夠將峰頂將要遇見的險景以技術的層面給予解決。而最重要的是隊員的心理素質，恐慌、無助、半途而廢，這些央吉總會以自己的故事，給予輔導和解答。所以，一段時間以來，央吉的課是最受學員們歡迎的。從心底裡說，央吉也不想讓德吉阿佳和自己的悲劇在他們的身上重演。但最終，她也明白，這不是由自己所能夠決定的；生死，取決於雪山。作為一個教練能夠做到的就是盡最大限度地減少或者避免傷亡。

雪再次飄落下來。

踉蹌著行走在拉薩河谷的風雪中，央吉似乎又尋見了曾經的幸福。那空曠蒼茫的裡層，死亡像一位典雅的先知，溫暖地望著來途的央吉。他們之間有一段淺淺而又漫長的距離，在彼此的喜悅裡漸次透明。

央吉迷戀於這般的場景，直至幾隻孤單的紅嘴鷗飛臨頭頂，直至找尋良久的那若將一件橘色的羽絨襖披在她的身上。

雪越下越大，偌大的拉薩城沉靜在一片簌簌的雪聲中。幾隻藏獒不合時宜地吼叫著，那若請央吉收起雙拐，背上她，行走在八廓街的轉經路上。這一刻，格桑玉珍正在街邊的老房子裡繪製度母；才桑和朗瑪姬度的成員，在商討下一場的布宮廣場的雪地垂首演出。

「嗡瑪尼唄咪吽！嗡瑪尼唄咪吽！嗡瑪尼唄咪吽！嗡瑪尼唄咪吽！嗡瑪尼唄咪吽！嗡瑪尼唄咪吽！嗡瑪尼唄咪吽！……」

一遍遍地，俯在那若肩頭的央吉，不停息地念動這萬世的真言。淚水，打從喜悅的心間，泯散在那若的頸部。

身後，那若在雪地上的腳印愈發清晰；前方，大昭寺的金頂也愈發清晰！古老的拉薩城泅潤在一團祥和的光中。

5

恍惚中，俯在那若肩頭的央吉，望見身邊所有人，儘是把把塵世的鑰匙。他們每行一步，頌一句經文，大昭寺正門的鎖孔就被旋動一次。可他們根本就沒覺察到這些，依舊地繞行在八廓街上。事實上，除了自己和那隻輪迴中的放生羊沒有人能看到這樣真切的一幕。

央吉有種小小的興奮，但興奮過後，是無邊的失落。彷彿自身一直活在這懸空的領域；因此她洞悉了億萬年形成的白門的祕密；因此在無限高寒的領地她失卻了雙足。但這想法只有短短的一瞬，央吉還是喜歡見那些金屬薄片一般，卻還不知道自己是鑰匙；更不知曉鎖孔在哪裡的人。甚至，央吉驚訝地發現，有些鑰匙落上了銅鏽，他們連去向哪裡、如何擦拭都不知道。

那麼，門的那一邊，是否就是傳說中的彼岸？

僅僅是一處高寒的背景！或者滿布佛國的白蓮、桑煙！

央吉確信這些，否則怎麼會真正擁有這金屬質地的雙拐；雙拐上又如何會留下這連綴的格桑和那若深情的詩句？

仔細想想，除了這雕飾，那若跟自己也是這轉經路上的兩片金屬。沒有眼睛、沒有鼻子，甚至沒有頭髮和衣物，就這樣光禿禿地在千載的石板路上跳躍。於是央吉笑了，一笑就撓那若的脖頸，讓他跟她一起分享這世間的趣事，結果撓到的是藏床上的花飾。睜開眼一看，那若並不在身邊，而自己正側躺在溫暖的登山隊宿舍中。

幸福著的央吉偷偷地披衣挪到輪椅中，透過絲絲的陽光，她望見廚房裡的那若正在燒製他倆最喜的印度咖哩飯，那飯香打從門縫中飄到「沒有鼻子」的央吉的心中，弄得央吉又竊竊地笑了。於是回轉身子，尋到被那若藏匿起來的掃把，仔細觸扶每一寸地面。當她清掃到陽臺上的時候，望見老舊的風鈴靜靜地沒有一絲聲息；就將一隻手撐在窗沿上，用另一隻手將它輕輕搖響：叮噹，叮噹，叮叮噹——

在這曠古且彌新的鈴聲中，央吉驚奇地發現：在她的登山隊學員的引領下，芸芸的轉經人像突然間醒悟過來般，前赴後繼地路過她的窗臺，向遠方的雪山進發，在行進的過程中，他們彼此沉默著，打磨掉身上的銅鏽。在即將攀至海拔八千多米的峰頂時，他們居然不用氧氣，圍成一圈，還跟身邊美麗的旗雲跳舞呢。其中有位長得跟自己很像的卓瑪，唱起了牧歌：

八曲河西岸的白馬啊！
我沒有金色的馬鞍
也置不起五彩的韁繩
你依舊會跨過河水啊！
徜徉在我身旁。

輕輕地，央吉跟卓瑪一起唱出聲來，手中的風鈴沉寂若空。

「吱呀，吱呀，吱吱呀……」

在白門洞開的一瞬，央吉喜極而泣：倏然，那裡桑煙瀰漫、那裡白蓮盛開！身後空無一人的拉薩城遍置被雕上連綴格桑花和那若詩句的雙拐。

「白茫茫的。」

被那若的腳步聲喚醒的央吉，在自言自語。

「叮噹，叮噹，叮叮噹……」

風再次打近處吹來，沉寂良久的風鈴重新搖動身姿。央吉在那若的攙扶下坐回到輪椅，並隨手將被風吹散的髮絲用手指梳理了下；將孔雀藍的圍巾往胸前攏了攏……

不遠處，胡楊光禿禿的枝頭上，幾隻灰褐色山雀，邊鑿食著腳下的雪沫，邊拿眼睛不經意地向央吉他們探過來；就這樣，還是驚動了枝上厚厚的雪叢：「轟隆隆」那紛揚墜落的雪霧，弄得它們「咻」的一聲，飛向湛藍的天宇。

「嗯，連個招呼都沒來得及打呢。」

央吉抽出一直被握在那若掌心的手，輕聲道。

第十五章
附錄：那若的詩作（部分）

1〈乃瓊寺真言〉

一、花香漸次

離家數日，梅朵吉請在我的額心塗上橘黃的酥油
請將那隻夜夜哀啼的光鳥，放回乃瓊的後背
在我回身的瞬間，也請您不要流淚
沒有哪一刻，不是行走在壁畫、梁間

花香漸次，梅朵吉，那些無角的神獸伴隨左右
我青銅般的十指已鏽跡斑斑

毫無徵兆，這些犁開的土壤遍掛經幡
感恩神諭！梅朵吉，如今家鄉的牧場被無情擠壓
我們怎樣面對犛牛和羊群那扭曲的骨骸

二、別後

萬盞的酥油燈在道旁燃起，模樣怪異的神目色溫暖
我挑起腳尖，將瀰漫的桑煙覆蓋桑煙
將來途的風雪，在來途漫捲
只是梅朵吉，我該怎樣行走在雲端
該怎樣將這些松石的項墜掛在你胸前
（如果您還不收回長流的淚水）

三、乃瓊真言

從新，我折回岩畫人細膩的筆端
透過今生的光線，被刻意編織的圖騰，有遠古的表情
匍匐的山巒，有五彩的真言

梅朵吉，風雪的埡口，有成群故去的羊群和犛牛
有長不大的你我的孩子在空中飄舞
不曾言語；淚雨滂沱、喜極而泣的梅朵吉
像雪雁那樣，我們將愛和慈悲放逐在海拔五千四百米的山巔
將那些無角的神獸擁在懷中
將光雕琢回光裡
將自在的身段，自在鍋莊
將乃瓊真言，伴風馬迴旋：嗡瑪尼唄咪吽！嗡瑪尼唄咪吽！
……

2〈白度母頌歌〉

一

和你一起逡巡在黑裡，以纖纖的細指撚開紋理
直至果核的部分滲出細微的白光；盞盞的蓮瓣
密佈在你我生命的周圍

拉姆，請不要喜泣
請那些被放生的高原魚洄游到體內
一刻不停地，我們合十雙掌舉過塵世的額頂
我們自由呼吸的，是度母的心咒

二

沒有比感恩更重要的禮儀
我活在世上，將禮佛的淨水靜放在香案
將那些黃色的紅色花瓣撒落在水裡
將瑣碎的小心情空置在門外或者雲端
跟故往的人在時空中交流，我們開始擦拭眼睛
卻沒有淚水；我們相擁卻不見形體
我們將萬事的空茫，寄居在這邂逅的空域
生來或者歸去，拉姆請回我身邊
跟我講離去之後的草和蔬菜，鬱鬱蔥蔥

三

有柔和的光，隱逸在拉薩四月的河床
有現實的藍蓮花，開放在我滄桑的心房
空行空中的白度母啊，如今的我像個脆弱的孩子
跪伏您膝下，給您萬世的頌歌
您這觀音左眼的淚滴啊，賜予我的是痛楚還是喜悅

四

　　分明，塵世裡的景越發透明了。我將自己的一絲黑髮跟愛人繫在一起，而我們的身體卻從未碰觸。我不再會說一些相思的語言。就將心情融入到這短許的文字段落中。有時候會有淚水湧出，但我堅信，那是感恩！是給度母和姐姐拉姆她們的！這樣活著，我看到了與生俱來的希冀！活著有時真好！

3〈檀那的青稞〉

一、感恩

就只是一棵拯救高原的並不見飽滿的青稞
一位永不曾相識，卻鐫刻在心底的卓瑪
所以我們總將她想像成阿媽啦或者阿佳的形象
我們秉禮
我們在季節間隔起來的餘暉裡，相約戀愛
在各自的額頂，塗上未知的柔和圖案
為年長的人，奉上精美的這熟青稞蒸煮的食物

二、我不是過客

終於，年月嬗變成雪山的融水
我這看透萬物的精靈啊！將無邊的孤寂釋放在夜央
將那些可愛的孩子重新招聚在身旁

以主人的身分，給他們笑聲和禮物
在她們歡喜著摔倒的時候，遞給他們我唯一的
親手削製了一生，卻未曾拄過一次的銀飾拐杖

三、回憶過失

從高地到雪山，九千級臺階，怎樣才能將逸世的你
重新扶起
從少年到白髮，阿媽啦，你是否還在等我，牽我的手
呼喚我回家
從冬末到春暮，我這失魂的人，將給你的花香般的諾言
兌現在她人的秋天
溯回故里，我如一條凍僵了的小蛇，愛人，你若在
請別再給我溫暖

四、檀那的青稞

梵語的檀那，注滿我空行的雪域
依舊空無一人的高原牧場；為你，我將這些斑駁的圍欄
構築在平靜的心上
將清晨如花般呼吸的家畜，目送到拉薩的郊外
將蔬菜綠色的葉片貼上面頰；將大朵的陽光迎入室內
將檀那的青稞，平攤在掌心
如果是在感恩！請允許我，以這樣的方式拯救、善待自己
如果我還活著
就為你做這一世的匍匐

（檀那，古梵語：賜予的意思。傳說中在饑荒的遠古年代，觀世音菩薩望見餓殍遍野的藏地，心懷慈悲，賜予藏民族第一棵青稞。自此拯救了整個高原生靈！）

4〈獻給窮達〉

一、總有個依護了

我想，總有個依護了，總有處絕世的風光可以掩埋我清亮的身骨
一群善良人，善良的朝聖人，一路匍匐的匍匐人
我想，該有個依護了
就將水盞裡最後的清水，一一灑在他們清晰的額頂
那時候，我才看清他們緊閉的眼睛，和睛中流淌世紀的淚光

於是，我收緊上身和飽漲的乳，前額突出
反轉雙掌，在一塊痛苦的土地，細說幸福和蒼茫

二、獻給窮達

立體疊加的感悟和良心，始自透明午後的乍現
窮達，你吃青稞酒了，你將掌心跟我疊加在一起了

這之前，有一抹細緻的雪線在拉薩的高空冷寒駐足
像個孤獨很久的孩子，一個跟紅嘴鷗一起飛翔累了的孩子
　來自安多的孩子

三、路過西藏，故里

如果我說路過，西藏，你可知我並未曾為折斷的翅膀黯然神傷
那些歡樂的場景還歷歷在目
卓瑪正將松石的項墜，掛我的頸上
正是因為這樣，西藏，請告知我哪裡才是我命注的故里
已經，我不是那個不諳世事的舊情人
望望這經室裡的酥油燈，望望這唐卡煙熏的舊場景，請允許我感恩
允許在溫暖的氆氌上，平靜分娩

四、儀式開始

雪線以上，我們拒絕所有的語言和形式
困惑多年，我將透明的外衣再次包裹在雪和它內在多年初始的光芒

終結鬚髮，看枯萎的雪蓮在海拔四千五百米的坡頂廢絕呼吸
看那些活過來的故去人，迤邐成火種的核裡，苦笑的模樣
像毒蠱拯救過後的死亡

儀式如約開始
那些遺存相互碰撞，那些只一面之交的牧民，在黃房子的周邊升起炊煙
那些我看似絕滅的春天的苦蕎種，被種植在後人的心坎
那些被我稱作藏族的親人，將哈達掛滿我行經的驛舍
以那輛散架的古銅的官車，將熠熠的青稞再次撒在我含淚的眼窩
還未曾開始，窮達，請記取我曾經的蒼茫和舊色

5〈輪迴〉

一、聖城背後的

次第凝結的，井然無序的，這聖城背後的
那時，你乘油壁車，君騎青驄馬

打從這處避光的光口寂靜溢出
那時，漫街的塵土是可觸的塵土，滿室的琴音
可續的琴音
那時，你我的孩子還未曾出生，這枝形的胎痕
是你我轉世的圖騰

二、說走就都走了

節日過後，我依舊將自己揣入袖管給自己溫暖
依舊以微笑觸扶尚未冒牙兒的紅柳臉
在這高高的高原，跪俯著也要丈量你我垂直的距離
一個天堂，一個人間
孤淒來臨的一刻我才失聲哭喊：
「捧蓮子，掉蓮花，不知蓮花落誰家
落東家，落西家，哪個小哥來看她？」

三、細緻紅塵

那麼，這擱淺在拉薩河源的木船在等誰回家
那麼，這絲質般嫩滑的水將濯浴哪位卓瑪
那麼，身後這一群鮮色的小鬼，是不是我們的孩子
那麼，沒進門之前，請讓我拭去你妝臺上的塵埃
擺好木梳和眉筆的位置
請允許我先坐下；修整鬢顏
如果你還不曾進來，就請再允許我將你的半管唇彩
含淚塗抹在自己的唇沿，將你的胭脂半含古尖
如果，你還不歸來

四、這輪迴的時光

一時間，玫瑰紅鑲嵌在拉薩失眠的城苑
一管管的風，一遝遝的白色雲片，一幕幕垂直的藍
一簾簾的喜淚

你戲裝登場
我以端笑示人：「娘子，請坐，請喝杯茶罷！」
你櫻唇才啟，卻聽不見聲兒，望不見舊形
左眼滴著血，長絹掩面
說春早！道夏安！

6〈雪蓮花，五號〉

一、侯

三千六百七十米海拔，心跳怎會急促
像一粒飽脹的青稞種
在高原的背景，我們這些死過的人
無論怎樣透徹的眼睛，都蒙上血沫

二、那麼，紅雪蓮

都是一些善良的善良人
都是一些擾亂高原秩序的女子
都是第一次見面就無話不說的野生怪獸
那麼，紅雪蓮，五號的紅雪蓮次第綻放
我端坐在你懷裡
像個男人

三、茨瑪的孩子

我將孩子握在掌心
我的碎鬍渣弄疼他了
不過，海拔三千六百七十米的微笑定格在眉宇
你時時將探腦的時光，按捺在胸口
握緊孩子突突的心跳

四、紅雪蓮，五號

剛剛問過，就記不起膚色很白的女孩的名字
就像出門前忘繫那條淺藍的尼泊爾手工圍巾
門外，老人蜷曲的姿勢跟死亡很像
那一刻，我們的心柔柔的像久違的故人
想見各自額頂的紅雪蓮

五、明天

想，海拔再高一些的紅雪蓮
在梅裡、在南迦巴瓦、在珠峰、在崗仁波且
我們做回矮小的巴魯
騎在犛牛背上
不在意時光刻意的臉
那麼，請接收我的唇和你的淚滴

彼此觸扶的瞬間
死亡將現

7〈雪白的米〉

一

將洩漏的高原風，填入羽管或者腰肢
只是振振翅而已
就請不要給我的雙目罩上靛青的綢布，不要反剪雙手
也請不要讓我屈膝
熠熠的雪白的米，在額頂飛旋

二

坐下來，先讓目光飽和在靜靜的河流的深處
由遠及近：桑嫫山、藏式民居，桑爐、彩色經幡
將德吉觸碎的花瓣捧回掌心

閉上眼睛，不要想明天是新年的伊始
這些雪白的米註定是我現世的孩子，那麼從它的母親
從它出生的那刻開始……

三

那裡有一截柔軟的秋風，它端坐淺黃的襁褓
一窩的姐妹、兄弟
感恩季節！感恩陽光、土壤和水！也感恩我這個熟悉的
陌生人：它輕輕頷首、彎腰，它微笑，動用面部整個表情
可不，我像位父親，收割它的時候
我除卻彎鐮上的每絲鏽跡，彎腰、頷首
聽見，它清新的血液回流到我體內

四

就用我的硬鬍茬犁開它淺黃的外衣
就用我的濃眉遮掩它惺忪的嬌羞的目光

就用我煙草味的唇瓣碰觸它雪白的剛落凹的身體
微笑著，德吉在我們的周邊點燃燭火
我們跳起遠古的秘舞，不以豐收的心情唱：
「雪白的米，雪白的米，雪白的米……」

8〈半帶微笑〉

一、空舞

永別家了，這一世的漂行
軀骸，如果還在嘗試著羈絆，就以故鄉或者以
離世親人的名字堆積在路口
看，我如何伸展髮辮、眉宇
如何逗留空中？以素顏、蒼指將萬物引誘
靠近我、遠離我，遠離我、靠近我
如果不視作折磨

二、梳理心

閒暇的時候，我們的面前必須保持一段當空的距離
最好披上一片靛藍的面紗；青膏的眼影
在淡綠的指尖，繪白色的花瓣
我不拒絕，如果你再細微些
用半個時辰，將胭脂填堵在我懷舊的淚腺
將過去旁落的淚滴，收藏在你啜飲的茶盅

那麼，我們可以向前，靠近一步
清除面前障礙的草稞和花木，將那些不用翅膀喜歡以腳行走的
鳥雀按回巢內
這時候，我們可以再向前一步
我們的面前空無一物，不是錯位，我們忽略了彼此的性別
我們貼身吻過，像吻自己的姐妹

三、終極祥和

或許我們記不清彼此在世間的名字
或許我們觸撫過的是晨露、雲煙
塵生的那日，我就躺你的懷中，飼我奶水
給我上路的萬千理由
告知我孤獨是這生唯一的夥伴
告知我淚水的底層是無邊的舊影
告知我死亡的那日，你才敞開家門和懷抱
告知我，神靈是徹底的虛幻……

四、白雲深處

那麼，我的棺木可是拼接的往生家門
我的血淚可是院外的河流
我的骨骸可是故去的土壤？如果不是
我的語言是否也是多餘

那麼食物和花香是否也是多餘
白雲深處，那麼請告知我，曾經的乳名和胎痕
告知我！

五、半帶微笑

（嘴角往左邊上翹，眼瞼半含，深呼吸，一直……）

這是我這個異類獻給你的，也是塵世唯一所需的
這是我這個遊子可以讓魂魄休憩、逗留的舉止
安靜和原諒！
這也是我送給母親和世人的

如果你想請我在客居的聖城停留的久些，在喧囂的世間
窒息的短些
請你剪去青絲，著對襟的婚裝

請你親手掐滅這陽光的光束，將指尖陷入這月夜的波心
原諒粗暴的男體和嫵媚的低泣
嘴角往左邊上翹，眼瞼半含，深呼吸，一直……

9〈拉姆的節日〉

一、不通往任何方向的路

橫七豎八的，方向顛倒了，我將自己扶起來
早已經預料到的事，那對在日頭下會露出光澤的梨花木拐
支撐我
雕刻、繪畫、詩歌、音樂，像約好了一樣
酥油燈、乾鳶尾、印度香，和這一整天的舊時光

二、安謐中的哭聲

按捺不住，我確信身體裡有女性的成分
五年來，我穿著成色很舊的衣物，靜候裙擺的觸撫

五年來，我端坐在浴室的木凳，凝望霧氣中瀰漫後重新聚合
的柔軟部分
就連昨天跟自己說話的腔調
嫵媚的，我確信在跟安謐調情

三、拉姆節的花柱

距離掌心最近的，就越容易被打開
於是，我脫下鞋子，在凌晨的拉薩街頭，被冰寒溫暖
於是，我背過身去，在那些能誕生愛情的地方
想像萎縮的季節和堅硬的花柱
取水的地方，相對遙遠

四、無目標的旅程

我怎麼會顛覆曾經的和未來的場景
那位手握矢車菊、秫秸花束在我的木床邊哭泣的女孩
等到她先我死去的女孩

那時候，我不確定我是否坐在雲端，十萬的空行母在為我加持
滿身紅光，我無法辨出再生的性別
一棵蔥綠的核桃樹：
以這樣的身世，固然安謐，在人間

五、最後的卓嘎

黃澄澄的麥浪，相對素雅的高原小城雪
一百零八盞的酥油燈，相對寂滅的孤獨時光
第一次，我拒絕這恍若來自隔世的教樂
將結隊而至的安慰人，擋在門外
不允許有哭聲，不允許將招魂的經幡掛在房頂
不允許這一切跟死亡有關的表像

哪怕捧起卓嘎的臉，也不給她呼吸……

風吹到的那頁；剛好是我要翻開的，上面說：

「山上的積雪形成一座白門，高高聳入到那片原始的一塵不染的空寂天空。那裡天光是清澈澄明的，萬物在陽光的照射下，染上一層薄薄的光潤……」

10〈匍匐〉

一直，我守護自己在傷口、在雪。

從玉樹、索縣、安多，我從不敢啟齒你開始的路。

百里、千里，三步一叩！我能夠捕捉到你心跳的噩動。

我將淚水抵押給季節，抵押給此刻裸露的俗名。

將一萬隻的潔色哈達結繫魂。

海拔三千二中甸、兩千七巴塘、兩千三海西、三千六拉薩、四千四浪卡子

四千五那曲、四千六瑪旁雍錯、五千八岡仁波齊卓瑪山

你可知，不解，可知恥笑；可知傷痛和蒼然。

可知，寂靜和安；可知舔舐血口，像狼一樣阻止漏和缺損？

如今，故去的都已經故去。
我尋找的過程，也是肢解的開端。
我揪蒼髮，就只有魂在細節裡和我對扒，繼而開口，誰都聽不懂的
含混和清晰。

整個白天、黑夜、午後和清晨，枯坐在高原的胎心
眼望母親陳翠華融化在我的胎心。
沒有起始，哪裡有同程？
白門起合，骨節碎落。

空墜的，匍匐一地的，是候鳥返家的彩羽
居然，我雙手顫抖，無處著落；在混沌的埘線，觸摸陌生的額、紫痂的
紮西的手，偃滅後世，弱小的火。

如果想牽我，請先讓自己失明。
如果想歌我，請先讓自己噤聲。
歷程陡然升高，海拔千八百四十八米，白門起合。
這時候，必將是當初，你匍匐在山路，只為覲見！只為感知我最後的女容和落寞。

11〈拉薩紅山的雨〉

一

突然，生厭拉薩這熟透的陽光
面孔、手臂、腳踝，突然，相信阿媽指尖的酥油
塗抹在額心，這被封堵的燙人的小陽光，在體外遊蕩

二

固然，是火熱的雪頓節來臨前的預演
將所謂的好友拒之門外，將陳舊的嗓音和無名鳥請進來
施以耐久的藥力，將可以改換的，都不予改換

三

拉薩，紅山的雨，牽引我生疏的視線
懵懂的，我可不是那個踉蹌的孩子
在布宮、在紅山，每一次的托舉，都是在做故地的重遊
我倒立的姿勢，預示今生有無盡的羈絆

四

那麼，陽光被自己曬死在街頭
我被自己鎖閉在石窟
天空，這並不自由的和煦的老鳥，將地理的紅山
啄刻在拉薩滄桑的眉心

次第而出的藥師，白鬚善顏
他牽我的手，他們逶迤著遮蔽我毒汁的視線
如果，你在這紅山的雨中見證淚眼

註定，我將不再往生
拉薩，請攬我入懷，與你做這初始的纏綿

後記

寫完這部小說的最後一章時，整個人都將虛脫了。在心底告知自己，就此為止，再也不弄小說了。可冥冥中思來，去年在那樣艱苦的環境下，創作完成《紅雪蓮》時也有同樣的想法。

作為一位民間詩人、作家，其中的酸甜苦辣，只有自己明瞭。

來到藏區六個年頭，我堅信是西藏拯救了我，這裡的藍天白雲，這裡的湖泊雪山，最重要的是這裡醇厚質樸的人們，他們給予我的愛和關懷，促使我一次次拿起筆，做一場場實在的感恩！

西藏是用來感受的，而非走馬觀花；西藏是需要靈魂滲透的，而不是一句句的豪情壯語。由當初的詩歌語言歌詠西藏，到如今的以小說形式融入西藏，這種遞變過程每每讓我的身心充滿喜悅。在寧靜和安詳中，感受拉薩城的一草一木，感受拉薩河四季的變化，那是一場人性的回歸，心靈的回歸。

那麼《拉薩浮生》的創作，就充滿了神性，很多的章節在無以為繼的時候，總是有一束光在面前牽引，指導你往一處固有的場景進發。

初衷是將這部小說定位給西藏，更準確些說是給拉薩人看的，所以就以藝術為原點將拉薩城做了次全方位的剖析，當然那聖城的光在那裡，永遠在那裡！甚至我將那光束接洽入故事主人公每個人心裡。

六年的藏地生活，沒有起始亦無終了。那麼今後有無第五部、第六部藏區題材的長篇出現，我想是有可能的。因為不拿起筆，不寫些文字，我何以回報、感恩藏區和內地一直在關心我支持我的讀者。所以行走在高原，我將以高海拔的溫暖回饋故里和聖潔的藏民族，將以無休止的勞作給大家架設一處生命的出口，讓我們在活著的狀態下，感知到希望！

紮西德勒！

田勇　於拉薩詩院

釀小說64　PG1413

拉薩浮生
──田勇長篇小說

作　　者	田　勇
責任編輯	劉　璞
圖文排版	莊皓云
封面設計	楊廣榕

出版策劃	釀出版
製作發行	秀威資訊科技股份有限公司 114 台北市內湖區瑞光路76巷65號1樓 電話：+886-2-2796-3638　傳真：+886-2-2796-1377 服務信箱：service@showwe.com.tw http://www.showwe.com.tw
郵政劃撥	19563868　戶名：秀威資訊科技股份有限公司
展售門市	國家書店【松江門市】 104 台北市中山區松江路209號1樓 電話：+886-2-2518-0207　傳真：+886-2-2518-0778
網路訂購	秀威網路書店：http://www.bodbooks.com.tw 國家網路書店：http://www.govbooks.com.tw
法律顧問	毛國樑　律師
總 經 銷	聯合發行股份有限公司 231新北市新店區寶橋路235巷6弄6號4F 電話：+886-2-2917-8022　傳真：+886-2-2915-6275

出版日期	2015年6月　BOD一版
定　　價	320元

版權所有・翻印必究（本書如有缺頁、破損或裝訂錯誤，請寄回更換）
Copyright © 2015 by Showwe Information Co., Ltd.
All Rights Reserved

Printed in Taiwan

國家圖書館出版品預行編目

拉薩浮生：田勇長篇小說 / 田勇著. -- 一版. -- 臺北市：
釀出版, 2015.06
面；　公分. -- (釀小說；64)
BOD版
ISBN 978-986-5696-87-0(平裝)

857.7　　104002842

讀者回函卡

感謝您購買本書，為提升服務品質，請填妥以下資料，將讀者回函卡直接寄回或傳真本公司，收到您的寶貴意見後，我們會收藏記錄及檢討，謝謝！如您需要了解本公司最新出版書目、購書優惠或企劃活動，歡迎您上網查詢或下載相關資料：http:// www.showwe.com.tw

您購買的書名：________________________________

出生日期：________年________月________日

學歷：□高中(含)以下　□大專　□研究所(含)以上

職業：□製造業　□金融業　□資訊業　□軍警　□傳播業　□自由業
　　　□服務業　□公務員　□教職　□學生　□家管　□其它____

購書地點：□網路書店　□實體書店　□書展　□郵購　□贈閱　□其他

您從何得知本書的消息？

□網路書店　□實體書店　□網路搜尋　□電子報　□書訊　□雜誌
□傳播媒體　□親友推薦　□網站推薦　□部落格　□其他__________

您對本書的評價：(請填代號　1.非常滿意　2.滿意　3.尚可　4.再改進)

封面設計____　版面編排____　內容____　文／譯筆____　價格____

讀完書後您覺得：

□很有收穫　□有收穫　□收穫不多　□沒收穫

對我們的建議：________________________________

____

____

____

請貼
郵票

11466
台北市內湖區瑞光路 76 巷 65 號 1 樓
秀威資訊科技股份有限公司 收
BOD 數位出版事業部

（請沿線對折寄回，謝謝！）

姓　　名：＿＿＿＿＿＿＿＿　年齡：＿＿＿＿　性別：□女　□男

郵遞區號：□□□□□

地　　址：＿＿＿＿＿＿＿＿＿＿＿＿＿＿＿＿

聯絡電話：(日)＿＿＿＿＿＿＿＿ (夜)＿＿＿＿＿＿＿＿

E-mail：＿＿＿＿＿＿＿＿＿＿＿＿＿＿＿＿